Traum
Jenseits des Horizontes

Moody Gemüter
Gelag der G[...]
Dampf der R[...]
Stiller Traum
Birke Traum Birke Baum
viel Bäume
Unsterbliche Nesteln, [...]
Zu neuen
in der Ferne
Zehn Hunde
Schwejund
gegen Westen.

[...]
[...] bündel Such verkleid.
Stolen [...] Herz

Joachim Gülden

Die Nonne und das Murmeltier

Viertel-nach-acht-Gedichte

Illustrationen
Alisa Kirejeva

Für meine Mutter

OWASU GA GOTOSHI
如在
Noch immer gegenwärtig

Vorwort

Lange Zeit stand eine große Uhr auf einer flachen Kommode in meinem Zimmer. Ich hatte sie auf einem Flohmarkt erworben. Sie war grau und auch sonst ziemlich unansehnlich und jeder, der in mein Zimmer kam, fand sie wohl ziemlich schrecklich. Doch ich liebte sie, was vielleicht mit der Aufschrift „London 1887" auf dem Zifferblatt zu tun hatte. Allein schon das Wort „London" rief nämlich bei mir angenehme Erinnerungen an frühere Aufenthalte in England hervor. Aber vielleicht lag das auch am roten Sekundenzeiger. Oder beides? Ich weiß es nicht. Jedenfalls funktionierte die Uhr schon lange nicht mehr, was daran lag, dass ich es leid war, ständig die Batterien auszuwechseln.

Die Uhr war bei Viertel nach acht stehengeblieben. Eine sehr vorteilhafte Uhrzeit, wie ich fand. Denn um diese Uhrzeit sollten alle Kinder im Bett sein, was bedeutete, dass ich zu schreiben anfangen konnte. Meine Praxistätigkeit als Radiologe empfand ich damals als ziemlich ermüdend. Und so sehr ich meine Patienten auch schätzte und meine Kinder liebte, war ich oft doch erleichtert, wenn ich wusste, dass sie schliefen … zumindest meine Kinder.

Ich schrieb zu jener Zeit vor allem Gedichte, was ich weniger anstrengend fand, als andere Texte zu verfassen. Und ich schrieb sie um Viertel nach acht. Immer.

Genauso wichtig wie die Uhr, wenn auch in ganz anderer Weise, war für mich stets die weiße Wand hinter der Uhr. Diese weiße Wand trug viele Namen. Doch um Viertel nach acht, wenn ich zu schreiben begann, hieß sie immer: „Ich weiß nicht …", und so heißt sie heute auch noch.

Von dieser weißen Wand und von dem, was sich an jenem Tag, als ich das Gedicht schrieb, darauf ereignete, handelt das erste Gedicht, das Vorwort-Gedicht.

Die Nonne und das Murmeltier

Die weiße Wand wirkt leer,
doch ist sie deshalb leblos?
„Das ist 'ne weiße Wand,
da fehlt ein Bild", hör
ich die Menschen sagen.
„Da muss ein Bild gleich
einem Blick durchs Fenster hin,
mit Weide, Kuh und Wald, und
einem Kirchturm in der Ferne."

Als ich dann vor der Wand ganz
still auf meinem Kissen sitze,
seh ich jedoch was anderes:
Zwar ist sie leer, die Wand,
doch ist sie voller Phänomene:
Ein Murmeltier spaziert umher
und grüßt mich leise pfeifend.
Dahinter seh ich eine Nonne
im Habit, nachtschwarz mit
einer weißen Haube, darüber
eine Warnschutzweste in Orange
im Glanz der Reflektoren, als
wäre sie im Straßenbau aktiv.

Zielstrebig läuft sie, und mit einem
Lächeln, dem Murmel hinterdrein.
Das Bild verdämmert,
doch kommen sie alsbald zurück:
die Nonne und das Murmeltier,
umringt von lauter Menschen
aus allen Teilen dieser Erde,
die lauthals singen, lachen, tanzen.

Ganz plötzlich wird die Wand
zu einem Jahrmarkt ohnegleichen,
mit Riesenrad und
anderen Fahrgeschäften;
die Zuckerwatte ist zu greifen.

Mein Herz pulsiert im
Einklang mit dem Treiben,
mit diesem „Lebewesen"
namens Wand.
Da löse ich mich auf in
eine Woge warmen Lichts
und werde eins mit dieser Wand.
Doch kaum hab ich begonnen,
mich als Wand zu fühlen,
find ich mich wieder
auf 'ner grünen Weide,
zwei Schritte nur entfernt von
einer Kuh, die wiederkäut,
nicht weit davon besagter Wald,
und auch der Kirchturm lässt
nicht lange auf sich warten.
Das find ich sehr apart.
Zudem hab ich das Geld
fürs Bild gespart:
Oh, wunderbare Illusion!

Das Wort „Wand" gehört von seiner Abstammung her zum Verb „winden". Es bedeutet also eigentlich „das Gewundene, das Geflochtene". Das verweist darauf, dass Wände ursprünglich geflochten wurden. Aus Balken wurde ein Grundgerüst errichtet, wie man das bis auf den heutigen Tag an den Fachwerkhäusern erkennen kann. In die Zwischenräume wurden Zweige hineingeflochten und mit Lehm beschmiert.

Genauso flechte ich meine Gedichte in die Wände hinein, flechte Gedanken und Gefühle in sie hinein. Und von den Wänden strecken sich wiederum feine Gedanken- und Gefühlsfasern zu mir hin, verdichten sich bei mir in reflektierter Manier und nehmen dort wieder Gestalt an. Das Ganze gleicht einem Spinnennetz, das mich hält und trägt.

Das, was dem Netzwerk der Gedanken und Gefühle seine filigrane Struktur gibt, ist die Sprache. Die Sprache atmet, sie beansprucht Raum, aber gewährt ihn zugleich. Und wo sie mit Feingefühl gebraucht wird, gibt sie den Blick frei auf eine Landschaft von ungeahnter Schönheit.
Sie ermöglicht es mir, meine Mutter, meinen Vater und meinen Bruder bei ihren Namen zu nennen und all die anderen Menschen, die ihre Schicksalsfäden mit dem meinen versponnen haben. Vor allem aber vermag ich mich selbst darin zu erkennen. Dieses Netzwerk von Gedanken und Gefühlen, das mit den Wänden meines Daseins verflochten ist und sich stets suchend darüber hinaus erstreckt, ist mein erweitertes Selbst. Bin ich darin gefangen – oder darin geborgen? Keines von beiden trifft zu und doch ist keines von beiden falsch. Beides zusammen spiegelt die notwendige Verstrickung, die unser Dasein charakterisiert und der keiner entkommt.

Also spinne ich meinen Faden weiter, mal mehr und mal weniger im Frieden mit mir selbst, inmitten des Gevierts der Wände und flechte das, was mir des Einflechtens nötig und würdig erscheint, in die Wände hinein. Wundersames spielt sich auf den Wänden ab und fügt sich zu Bildern zusammen. Das verwundert nicht, wenn man bedenkt, dass das Wort „Bild" vom mittelhochdeutschen „bilwiz" abstammt und eigentlich Kobold oder auch Zauberer bedeutet. Und wer kennt das nicht, dass eine Zauberkraft von bestimmten Bildern ausgeht!
Wer nicht nur Augen hat, zu sehen, sondern auch mit dem Herzen zu sehen vermag, der nimmt wahr, dass der Zauber, dass die Wunderkraft der Zeichen und der Bilder auch das Flechtwerk der Wände zu durchdringen vermag. Weltumspannend und im Einklang mit der Natur, mit unserer Natur, nehmen sie teil am ewigen Tanz der Mysterien dieser Welt.

Ich wünsche Ihnen viel Freude beim Lesen meiner Gedichte!

Federleicht

Eine kleine Feder
fand ich heute
zwischen Cafétischen,
eine kecke Feder,
schwarz und
elegant geschwungen,
und am perlmuttgleichen
Kiel der Feder
Nebenfederchen,
so zart und weich.

Sie rührt mich an,
die Feder,
weiß nicht warum;
ich heb sie auf,
weiß nicht wozu
und streichle sie,
ganz eingedenk
der Amsel,
die sie schmückte.

Ein leichter Lufthauch
trägt die Feder fort,
und trunken
von dem lustgen Spiel,
tanzt sie umher
und taumelt
durch die Luft.

Ich folge ihr und
stehe vor einer
feengleichen Frau.
Kaum merklich
lächelt sie und
hebt dann ihr Gesicht.
Mit leichter Hand
fang ich die Feder auf,
lass sie zu ihr
hinübergleiten.

Sie wiegt die Feder
in der Hand,
schmiegt sie
an ihre Wange;
dann streckt sie
sich zu mir hinauf
und schenkt mir
lächelnd einen
Kuss.

Les Lavaux

Am fernen Ufer der Grammont
mit Inselchen aus Schnee,
versteckt an steilen Hängen,
kaum kann man Evian erkennen.

Und vor uns liegt der Genfer See,
der all das, was sich zeigt,
und was uns innerlich bewegt,
zu einem einzgen Bild vereint.

Gleich einem Zauberspiegel,
der immer wieder aufblinkt
zwischen all den Reben.

Morgendämmerung im Mai

So hell und kühl der
silberne Mond,
ermüdet vom Spiel
mit den Wolken.

Nächtlich umflort
die Blüten des Kirschbaums,
den für die Kinder
ich pflanzte.

Da erwachen die Berge,
die uralten Kolosse,
vom Morgenrot
zart umwoben.

Und das muntere Zwitschern
zahlloser Vögel
erfüllt und verzaubert
mein Herz.

Das Flüstern der Blumen

Teerblumen zieren den schmalen Weg
und durch die rissigen Adern der Straße
dringt die Seele der Erde zu mir.

Zaunpfähle hüten gleich Gnomen
das Braunvieh, und tanzen
im Takt des tickenden Drahts.

Regentropfen fallen, dick
und wie Samtpfoten so weich,
auf den Weg und ins tiefe Gras.

Und die raue Rinde des Ahorns
zeigt mir Moosgesichter,
wunderbar zart.

Im Verborgnen murmelt ein Waldbach,
versunken im Selbstgespräch:
Was erzählt er denn da?

Das Echo der zwitschernden Vögel
hallt über Wiesen und Felder,
lässt die Tiefe des Raums erahnen.

Doch erst mit dem Flüstern der Blumen
tut die Seele sich wirklich kund.
Was bleibt, ist dankbares Schweigen.

Die Birke

Dem Wassertropfen gleich,
der an der Stange hängt
und prismengleich
die Birke spiegelt,
bleib ich ganz still;
… und unberührt
von all den hektischen Gestalten,
wachs ich, verzaubert
von der Birke,
in meiner Würde ihr entgegen.

Santacante

Ich steh im Lichte zweier Sonnen.
Die eine treibt ihr Spiel mit Birkenzweigen,
die andere erstrahlt als Spiegelbild
in einem Sprossenfenster,
lockt meinen Blick
nach innen
in die tiefsten Kammern
meiner Seele,
durch helle Räume, lange
Flure, in einen großen
Garten mit Levkojen.

„Du musst nur auf das Licht zugehen,
den Wolkenpfaden folgen", sagt meine
innere Stimme. „Du wirst,
auch wenn dein Weg voll Mühsal ist,
von Wasseradern treu geleitet,
in prächtge Auen kommen.

Am Ende deines Weges
erwartet dich ein kleiner Dampfer,
der dich, jenseits der Winde und Gezeiten,
nach Santacante bringt.
Musik wird dir entgegenschallen
von Flöten und Trompeten, die
an Stauden wachsen,
und an den zart belaubten Bäumen
wirst du die Geigen hängen sehen.

Dort magst du heiter Tag für Tag,
fernab von Katastrophen und Gewalt,
den Frieden dieser Welt besingen."

Die westliche Wand

Sinnhafte und
sinnlose Gedichte

Frauenschuh

Wo vormals der Frauenschuh blühte,
am bemoosten Rande des Brunnens,
herrscht jetzt nur noch Ödnis und Frost,
ist alles im Eis gefangen.

Du fandest erst nach drei Tagen
neben faulenden Äpfeln
im „steinernen Sarg" sie,
die du im Bodensee wähntest.

Kein „Agatha Christie" auf ihrer Brust,
die sich nicht hob und nicht senkte,
kein makaberer Scherz,
sondern bitterer Tod.

Der Nektar der Blüten
war ihr nicht Nahrung genug,
und ungehört blieb
der Hornissen Warnung.

Zu spät gekommen warst du,
der Stratege des Schachspiels,
keine Rettung, wie vormals,
sondern schachmatt.

Steil bergan führte der Weg zur Quelle,
steinig und unwegsam;
ohnmächtig, lieber Vater, standest du dort,
ohnmächtig am Waldesrand.

Ein „einsamer Feldherr" warst du
und wie Schildläuse, so klein,
deine Kuh-Vasallen
weit unter dir, auf der Weide.

Ach, hättest du, liebe Mutter,
deiner Trauer zum Trotz,
eine tröstende Quelle gefunden,
dich getreulich dem Strom anvertraut!

Dich dem Rauschen des Wassers hingegeben,
anstelle der steinernen Stille des „Sargs",
und obschon von düsteren Bäumen umgeben,
dein Leben dem Licht und der Liebe geweiht!

Ich seh dich, wie du dem Brunnen entsteigst
mit deinen liebreizenden Schuhn.
Du nahmst sie mit, als du fortgingst,
was kann jetzt noch mein Herz erfreun.

Epitaph für einen lieben Baum

Nichts hat es dir genützt, dass du
dich scheu verstecktest hinter unsren
Praxisräumen – ganz im Gegenteil:
Man kam dir auf die Schliche!

Nichts hat es dir genützt, dass du
dich an mein Fenster schmiegtest,
dir Ischämien des Gehirns und allerlei
Frakturen im Bilde einverleibtest.

Du hättest protestieren können, bitten:
„Lasst mir ein wenig Raum nur,
mehr begehr ich nicht!"

Doch schwiegst du dich ins Jenseits aus,
wo dicht an dicht die Seelen raunen,
die man gewaltsam aus dem Leben riss.

Was Jahr um Jahr mein Aug erfreute,
das war zuschanden in wenigen Sekunden.
Ach, wärst du doch ein Sprössling jener Bäume,
die sich einst voller Wut erhoben im Macbeth.

Du warst mein wunderbarer Baum,
warst mein Begleiter, mein Zierapfelbaum,
erfreutest stets mein Herz
mit deinen rosafarbnen Blüten.

Warum hast du dein Leben lassen müssen?!
Mit seinen Baggerkrallen riss ein
stählerner Koloss dir gierig diese Arme aus,
die du mir hoffnungsfroh entgegenstrecktest.

Wie oft spazierte ich, gleich einem kleinen Spatz,
zu meiner inneren Befreiung mit
meinen müden Augen über dein Geäst
wie über eine Himmelsleiter.

Wie sehr vermiss ich jetzt dein Spiel mit
Licht und Schatten, vermisse,
wie du, einem bloßen Hauch gehorchend,
dich weich zum Wind hin schmiegtest,
vermisse deine raue Rinde.

Wie fehlen mir die zarten rosa Blüten,
wo kann mein Blick jetzt Ruhe finden.
Entwurzelt bist du nicht allein,
mit dir ist auch mein Blick entwurzelt!

Schaut ihn nur an, den roten Dämon,
jetzt ging ihm wohl die Arbeit aus.
Grad fuhr er schmatzend durch ein
Wasserloch, nun tanzt er wild im Kreise.

Wie praktisch es doch ist, wenn
weit und breit kein Baum mehr wächst,
denn Waschbeton ist pflegeleicht
und witterungsbeständig.

Das erfrorene Herz

Alptraumgleich lastet
das misslungene Streben,
und macht das Atmen
zur herkulischen Tat.

Sorge und Klage
verwirrn sich wie
Fäden, und verknoten
die Angst mit dem Leben.

Gedanken zerschlagen
und zernichten sich selbst,
gleich Mühlen, die
sich zermahlen.

In eisiger Kälte
verliert sich die Hoffnung,
und Zelle um Zelle
erstarrt das Leben.

Erst im wärmenden
Schein des ewgen Feuers
erwacht es wieder,
das erfrorene Herz.

Kaddisch

Schwärende Wunde
der Sehnsucht:
„Gesehen werden"
heißt Heilung.

Seltsame Vögel
am Rande des Abgrunds
wispern Kaddisch.

Siehst du die
Hand des Geistes?
Sie öffnet sich
schweigend.

ohn hin

gespinste
zerschneiden
ein herz
ohn sinn,
gaukeln
irrlichter:
woher?
dröhnt
ein lachen
ohn hin,
igelt ein
sich
das auge
im schmerz,
verhöhnt
die sonne
den sinn.

Im Licht des Seins

Ich bin das Blatt,
das mir entgegenfällt
im Licht des Seins.

Verwelkt und
scheinbar ohne Sinn,
ein Zeichen unsrer Welt.

Doch was vergeht,
im Lauf der Zeit, stirbt
nur dem Anschein nach.

In seines Wesens Kern
hört Leben niemals auf …

Ahasver

Dunkel spürt sich
Flüchtges Sein

Erloschnen Feuers
Widerschein

Nennt vielstimmig
Einen Namen

Der im Zwielicht
Meiner Seele

Mir dereinst
Ward zugedacht

Halt mich fest, den
Ewgen Wandrer

Halt mich sorgsam
Fest umschlungen

In der Wirrnis
Meiner Nacht

Spür ich dunkel
Flüchtges Sein

Erloschnen Feuers
Widerschein

Nenn lieb-innig
Meinen Namen

Halt mich fest
In dieser Nacht!

Dunkel spür ich
Flüchtges Sein

Neu entfacht
Im Widerschein

Nenn lieb-innig
Meinen Namen

Halt mich fest
In dieser Nacht!

Inmitten der Dornen

Unter metallenen Rosen
begraben bist du,
unter „Alpha" und „Omega",
kantig und kalt!
Glasscherben säumen den
Weg zum Grab, wie die
Dornen zu Golgatha,
und eine Flut von Tränen
benetzt mein Gesicht.

Doch können die Tränen
das Wort „Papa" ersetzen,
das es bei uns nicht gab?
Am Waldsee zogst du mich
aus dem Sumpf
und dafür liebte ich dich.
Ach, hättest du mich
an der Hand genommen,
auch in Zeiten ohne Gefahr.

Ein Knopf aus Messing
am Wegesrand, und darauf
die Nummer des Regiments.
Falsch ist sein Glanz,
wie die Hoffnung so falsch.
Ich seh sie vor Augen,
die verletzten Soldaten,
ihre fiebrigen Träume,
das Grauen, die Fratzen.

Grimassen verbergen
auch dein banges Gesicht,
eine Handbreit entfernt nur
von Sterben und Tod.
Einst waren sie Kinder
wie du und ich.
Hast du's denn wieder
gefunden im Tod,
dein Kindergesicht?

Missfällt dir der Stein?
Auch wenn du mosaischen
Glaubens nicht bist,
kannst nicht verleugnen,
was tief in mich eingeritzt ist.
Trag doch auch ich
unauslöschbar das Zeichen,
bin tief in mir drin
gebrandmarkt auch ich.

Du wolltest mir nehmen,
was die Mutter mir gab.
Ich hab dir's verziehen,
leg den Stein auf dein Grab.
Sieh nur, verschleiert von
Tränen erblühen die Rosen
inmitten der Dornen.

Wie verwundete Tiere

Wir tragen alle auf dem rechten Fuß einen Stein,
wissen nicht woher,
wissen nicht warum.

Ein Hydrant steht feuerköpfig seinen Mann.
Windbraut will mich verwehen,
und weht durch mich hindurch.

Ich tarne mich als Baum;
wild tanzt mein Blattkleid,
tanzt und tanzt.

Windbraut wird zur Sturmbraut.
Mein Baumkronenlachen
werf ich ihr entgegen.

Da ertönt das Requiem von Mozart.
Aus allen Ecken strömen wir zusammen,
Trauerschleier tragend.

Dornengekrönt bewegen wir uns auf schwingenden Dielen,
durchqueren das Hell-Dunkel steinerner Zonen,
bedeckt vom welken Laub so vieler Jahre.

Auf dem Trauerbüfett: Hafergrütze und Steine.
Und neben der Obstschale tränkt Milch
die zarten Blütenblätter.

Gut zugedeckt die Eierbecher, sie könnten sonst
kalt werden; daneben die Eier, völlig verwirrt.
Eigelb auf Terrakotta macht sich gut.

Gedanken steigen leise gurrend zu den Giebeln auf.
Tiefschwarz die Flecken an der Decke:
Anblick kondensierter Trauer?

Fest verfugt die Platten unter unseren Füßen,
tragen unser Schicksal, flüstern leise:
„Die Erde trägt euch alle bis zuletzt!"

„Friede den Menschen und allem Gethier!"

Ohn Wasser und Nahrung
versucht er zu sterben,
ganz still und leise, vor Heiligabend.
Doch als ich ihn fand
und sanft mit ihm sprach,
kam er ins Leben zurück.

Ja, und die „Raupen",
sie futtern,
schaun in die Töpfe
und futtern,
genauso wie ich,
als ich „Raupe" war.

Schön knusprig warn die Enten
im Jahresrund.
Doch zur Weihnacht
musste keine ihr Leben lassen,
starb weder Vater noch Ente
bei uns.

Der Weg

Kalt steht der Horizont im Wind
und schwindet, verhalten wie mein Puls.

Zerborsten sind die Jahresringe,
doch aus der moosbedeckten Rinde
streckt sich, geschmückt mit Knospen,
mir eine zarte Hand entgegen.

Zerfurcht zeigt sich die nackte Erde,
und wie von ungefähr hineingefaltet,
führt mich der Weg zu einer Kreuzung.
Hier stehe ich und bin.

Verhallt ist die Klage

Weidenkätzchen, so wunderweich!
Verhallt ist die Klage …
Weidenkätzchen, so weich und
schneeflockenumspielt.
Das Zwitschern der Vögel
verzaubert die Dämmerung.

Tumper Tor

Wenn ich tas T-Wort
„Tumor"
nicht mehr tenken will,
versuche ich,
taran vorpei zu tenken,
und tenk an „Tukent" –
nein, an „Tukent" heute nicht.

Ich sauke mir aus meinen Finkern
antre Wörter, wie „Tupe", „Tunte"
oter kar „Tumult".
Pei „Tupe" unt pei „Tunte" tut sich nichts.

Toch tann keschieht tas Eine:
Kaum hape ich tas tritte auskesprochen:
„T" wie „Tumult",
vertichtet sich tas Wort,
fänkt an zu schmerzen.
Wirt zu Tumult
in meinem Herzen.
Vertichtet sich noch weiter
unt wirt zu „T"
wie „Tumulus",
was strenk lateinisch
Hükelkrap peteutet,
wie Tupperware
zur Pewahrunk Toter,
toch nicht in „T"
wie Traunstein,
sontern in Tusculum.

Am Ente steht tas „T"
für „Tumper Tor"
unt tas pin ich,
ter nicht mehr tenken will.

Wochenbeginn

Am Wochenbeginn sollte man:
… unter Strom stehen,
in die Gänge kommen,
den Horizont nicht aus den Augen verlieren.
Was man auf keinen Fall tun sollte:
Gedichte schreiben!

Aber was tun, wenn man:
… von einer weißen Papierschlange auf dem Gehweg bedroht wird,
einem ängstlich auf dem Bordstein sitzenden Kieselstein über die Straße helfen muss,
miterlebt, wie ein ganzes Haus von einem wilden Staubsauger aufgesaugt wird,
von einer Tigerente verfolgt wird, die einem Emmentaler Käse verkaufen will,
und von Stöckelschuhen, die eine 80-jährige Dame im Stechschritt stadteinwärts befördern?

Nein, am Wochenbeginn darf so etwas einfach nicht sein!
Denn am Wochenbeginn sollte man:
… den Horizont nicht aus den Augen verlieren.

Ich schlage vor:
Die Tigerente bekommt die Stöckelschuhe,
der Staubsauger den Emmentaler
und der ängstliche Kieselstein wird mit der weißen Papierschlange vermählt.
Trauzeugin wird die 80-jährige Dame.

Kleines Problem:
Die Tigerente will die Stöckelschuhe nicht,
der Staubsauger ekelt sich vor dem Emmentaler …
und außerdem fehlt der Pfarrer!

So viele Probleme am Wochenbeginn! Nein, das darf wirklich
nicht sein!
Denn am Wochenbeginn sollte man:
… den Horizont nicht aus den Augen verlieren.

Neuer Versuch:

Der Staubsauger saugt die Papierschlange auf,
der Kieselstein bricht deshalb in Tränen aus
und die 80-jährige Dame bricht sich … ein Bein.
Nein! Zu viel Drama!
Wo bleibt denn nur die Tigerente?
Ah, schau an, die Tigerente schient das Bein der
80-jährigen Dame …

Aber eine Lösung ist das auch nicht!
Denn am Wochenbeginn sollte man nun wirklich:
… den Horizont nicht aus den Augen verlieren.

Letzter Versuch:

Die Tigerente ergreift die Macht und ruft die Diktatur aus.
Ordnung – am Wochenbeginn äußerst wichtig – hat jetzt
oberste Priorität!
Der Staubsauger wird zum Polizeipräsidenten ernannt,
die 80-jährige Dame als Spionin entlarvt
und samt Stöckelschuhen – aber ohne Emmentaler Käse – in
die Schweiz abgeschoben,
weil alle Gefängniszellen belegt sind.

Ich beobachte die Entwicklung mit großer Sorge und weiß:
Jetzt muss ich schnell handeln.

Ich stifte den Polizeipräsidenten zu einem Putschversuch an.
Der Putsch gelingt: Hurra!!!
Die Tigerente fällt „versehentlich" einem Stöckelschuh zum Opfer.
Die 80-jährige Dame kommt aus der Schweiz zurück,
und Emmentaler wird Nationalgericht.

Es geht doch nichts über einen guten Wochenbeginn!
Und deshalb sollte man:
Staubsauger und Tigerenten meiden und erst einmal spazieren gehen,
in aller Ruhe das lustige Spiel weißer Papierschlangen im Wind betrachten,
sowie Damen und ängstlichen Kieselsteinen helfen, die sich nicht über die Straße trauen.

… und unbedingt jede Menge Emmentaler Käse kaufen,
weil man nie weiß, wann die nächste Revolution ausbricht,
und ob man dann noch Zeit hat, ein Gedicht über den Wochenbeginn zu schreiben.

Denn das, ich revidiere, sollte man unbedingt tun!

Fliegen

Man muss nicht erst
nach Indien fahren,
um Fliegen zu erleben,
die sich beim Meditieren auf
Auge, Ohr und Nase stürzen,
sich damit aber nicht begnügen,
und mit besonderem Behagen,
dem Forschergeist genügend,
das Innere erkunden, die
Pforten, Gänge und die
Höhlen der Organe,
bis man aufs Äußerste
erregt, und auch erbost
des kalten Fegefeuers wegen, mit
Augenzwinkern, Ohrenwackeln
und mit Nasenrümpfen
der Sache Herr zu werden sucht.

Allein, es ist vergebens!

Unterm Schneggensteg

Was für ein Glück!
Überfall gestern Nacht in der Schuhmannstraße
glimpflich abgelaufen;
dank der Doppelknoten in meinen Schnürsenkeln zumindest die
Schuhe gerettet.
Sagte doch meine Mutter immer:
„Gutes Schuhwerk braucht man im Winter, mein Junge."
… Geld ist schließlich nicht alles!

Von Hamburg im Jahre '43
hast du mir erzählt,
von verbrannter Erde und halb verkohlten Leichen,
von Menschen, verloren im Labyrinth der Ruinen,
und von einem, der sinnlos umherirrte
mit einem Tisch auf dem Rücken,
wohl das Einzige,
was ihm noch geblieben war.

Der „Wohlfühlladen" in Garmisch aus Gesundheitsgründen
geschlossen.
Im „Aschenbrenner": Fürstenzimmer 145,- Euro,
Hund, ohne Futter, 15,- Euro.
Und unterm Schneggensteg an der Loisach:
Ich, mit fließendem Wasser, 0,0 Euro.
Und so hat ein jeder seinen Ort
in dieser wunderbaren Welt!

Huaaah, huaaah!

Im Eitzendorfer Weiher
ging ich schwimmen,
zwei Tage ist's kaum her.

Obschon ich's grollen hörte,
zog es mich ins Wasser,
die schwarzen Wolken türmten sich.

Kaum hatte ich das kühle Nass verlassen,
schlich sich ein Blitz durch Zaun und Bäume,
fand hinterrücks den Weg zum Weiher.

Doch als er meine weiße Haut erblickte,
nahm er Reißaus – huaaah, huaaah! –
und ward nicht mehr gesehen.

Morgensonne über Zist

Unter der großen Linde, Geister.
Sie essen die zarten Blätter,
zerknabbern die Rinde.
Und auf deinem weißgefleckten Stamm
Schattenfiguren wie Scherenschnitte
im innigen Tanz.

Den Raum zwischen Stein und Eiche
füll ich nach Jahren jetzt aus.
Ihre Zweighand berührt meine Schulter.
Feuchte Watte liegt wabernd und weich
auf der noch nachtverhangenen Wiese,
streicht kühl an den Beinen entlang.

Ganz erfrischt von der Nacht,
stehn die Bäume in Reihe, stehn
stramm vor den schneefreien Bergen.
Die Sonne klettert mit mir
im Wettstreit den Hügel hinauf,
und stolpert über Büsche und Bäume.

Mit dem Eichbaum verwuchs ich gestern,
von einem wilden Sturm umtobt.
Jetzt ruh ich mich bei ihm aus.
Blauweiße Schnüre, verspannt
in drei sauber getrennten Etagen.
Sogar der Weidezaun ist echt bayerisch.

Eine Nacktschnecke mit Grashalm
kriecht in die Sonne hinein,
kriecht ihrer Endzeit entgegen.
Vom Frost zerfurcht das Grau des Weges
mit schwarzen Flecken überall.
Sehen so bei Elefanten die Windpocken aus?

Zwei alberne frühwache Kinder
treibt es auf Rädern den Hügel hinab,
die ganze Welt zu ihren Füßen.
Keine Geister mehr unter der Linde,
nur eine Damenhandtasche.

Die Linde träumt ruhig vor sich hin.
Schau nur, die Sonne neben dem Turm,
wie sie da sitzt auf den roten Ziegeln!

Der Sturm

Der Sturm wütete jäh:
hat meine Regentonne durch die Luft gewirbelt,
kaputt!
Hat mein Gartentor aus dem Angeln gehoben,
kaputt!
Und einen Stuhl durch die Luft geschleudert,
kaputt!

Mich hat er auch erwischt,
bin aber nicht kaputt.
Die Ente dagegen läuft seit
dem Sturm nur noch rückwärts.
„Kniegelenke verdreht!",
sagt der Tierarzt.
„Typischer Sturmschaden!",
sagt der Tierarzt.
„Kann man nichts machen!",
sagt der Tierarzt.

Der Sturm wütete wirklich jäh:
hat mir meinen Regenschirm aus der Hand gerissen,
kaputt!
Hat meinen Gartenzwerg umgeschmissen,
kaputt!
Ja, und beim Tierarzt im Dachstüberl,
da hat er wohl auch was verdreht.

Der Mond über Wild-West-Bayern

Hunde kläffen zähnefletschend,
reißen Menschenfleisch
und hüllen sich dann ermattet
in Schweigen.

Der Mond zieht ruhig
seine Bahn, als
wäre nichts geschehn in Wild-West-Bayern.

Einbeinig bin ich jetzt,
doch scheint es mir,
die edlen Teile
blieben unverletzt.

Am Rande des Weges
spielt Schatten mit Schatten,
und Wurzeln
schneiden Grimassen.

Unwirklich weiß sind die
Felsen im Strom der Zeit!
Hörst du das Rauschen der Loisach
… oder ist es die Laiblach?

Das Deggenhauser Tal

Nicht weit von uns, das Deggenhauser Tal,
und doch so fern.

Drei Wochen ist's kaum her,
dass ich in diesem Tal spazieren ging.
Ich kam an einen Ort mit Feuerstellen
und Höhlen, wo die Menschen hausen.
Rauch überm Tal war noch zu sehn,
und ab und zu konnt man ein Surren hören, wie
wenn ein Pfeil sich von der straff gespannten Sehne löst.
Wildschweingeruch lag in der Luft, jedoch
am nächsten Tag fand ich nur Knochen
und einen Sauzahn am erloschnen Feuer.

Zwei Frauen, fellbekleidet,
erblickte ich beim Beerensammeln,
und Kinder spielten vor den Höhlen.
Sie lachten und vergnügten sich,
doch konnt ich ihre Sprache nicht verstehn
mit ihrem „ä" und „hö" und „hä".
Die Männer rülpsten laut und spielten „Steine stoßen",
was unsereins als „Boccia" kennt.
Sie grölten, tranken Met und rangen miteinander,
wie es die wilden Tiere tun.

Ich traute meinen Augen kaum,
schlich mich von dannen –
wem sollt ich das erzählen?
Wer würde mir das glauben,
dass Menschen, unweit unsrer digitalisierten Welt,
der großen Göttin „Mutter Erde" Opfer bringen?
Ich hatte auch ein Foto, hätt's beweisen können.
Zwei Männer und ein Wildschwein
warn darauf zu sehn.
Doch dann ergriff mich Mitleid mit den Steinzeitmenschen.

Ich hätt es kaum verwunden,
wenn Paparazzi mit Tausenden von Fotos
den Steinzeitmenschen ihre Unschuld nähmen.
Drum hab ich's gleich vernichtet
und seufzend auf den Ruhm verzichtet.

Die Schimmel meines Vaters

Soso, ich soll dir was erzählen …
und über wen?
Ach, über meinen Vater.
Hm, … na dann …
setz dich gemütlich hin!

Mein Vater hatte einen Schimmel,
doch eigentlich warn es drei …
Das ist schon Jahre her …
Du fragst mich, wo sie wohnten?
Also, … in einer Box hielt er sie nicht.
Im Offenstall? … das trifft's schon eher.

Im Grunde reichte ihnen
der schmale Zwischenraum
von Wand und Kleiderschrank
im Zimmer meines Vaters,
im Kinderzimmer und im Keller.

Und ob sie Möhren mochten?
Lach mich nicht aus, wenn ich dir sage:
Was sie am liebsten fraßen,
und zwar in aller Stille,
war die Tapete,
weiß und unscheinbar.

Leicht bräunlich-fleckig und
ein bisschen pelzig sahn sie aus.
Denk nur ans Winterfell
der Pferde, die du kennst,
nur dass sie es das ganze Jahr behielten.

Es gibt ja Reiter, wie du weißt,
die ihrem Pferd die Sporen geben.
Bei meinem Vater
war das umgekehrt.

Die Schimmel gaben ihre Sporen
meinem Vater, nicht er ihnen.

Das war schon seltsam.
Doch seltsam sind die Schimmel
eben, die Schimmel,
die Tapete lieben
und nicht wiehern.

Willst du jetzt wissen, was
aus den Schimmeln meines Vaters wurde?
Die Schimmel wurden abgeschafft,
weil zu gefräßig,
und ohne Schimmel wohnt mein Vater
heut in seinem Haus.

Der Rabe

Ein Rabe fiel aus meinem Traum,
kein Adler, auch kein Spatz,
ein tintentrunkner Bote war's.
Doch das, was dieser Rabe hinterließ,
das war noch ungleich schwärzer, nämlich,
ein unglaublich schwarzes Loch.

Warum war dieser Rabe mir entflohen,
wohin war er entfleucht?
Finstere Schatten huschten hastig,
krochen in die Ecken meines Zimmers:
Sollte dort mein Rabe sein und mit seinen klugen Augen
mich beäugen, unser beider dunklen Traum?

Seltsam leer war jetzt mein Traum,
seines tieferen Sinns beraubt,
wie ein teures Filmprojekt, wenn
die kapriziösen Hauptdarsteller,
diese hochsensiblen Kreaturen,
abgereist sind oder krank im Bett.

Eine Dose und drei Drähte
gafften von der Zimmerdecke, konspirierten,
wussten sicher, wo der Rabe steckte,
schienen fast belustigt, wie ich dalag,
ganz verwirrt und traumverlustig
lag in meinem eigenen Bett.

Ob der Rabe wie 'ne Fliege
in der Dose residierte,
für mich leider unsichtbar,
oder, was ich eher glaube, weil
das Loch in meinem Traum so groß war,
durch das Schlüsselloch entkam?

Denn vor meinem inneren Auge
sah ich diesen Schlingel fröhlich
über grüne Halme hopsen,
ganz beschwipst vor lauter Freude.
Sah entsetzt, wie dieser Kerl
meine Blumen ausradierte.

Schrecklich heiß war mir zumute,
als ich an die Veilchen dachte,
und die Rosen, die ich liebte.
Doch dann musst ich schrecklich
lachen, denn ein Rabe, auch ein
großer, ist nun mal kein Elefant.

Was mir bleibt, ist meine Hoffnung,
ist mein Traumgesuch, dass der
Rabe heimkehrn möge, und
sich leise krächzend meldet.
Ach, ich wünschte, dass der Rabe,
mich erneut im Traum besucht!

Ein bisschen blind

Ich arbeite an meiner Aufrichtung.
Meine Wirbelsäule streckt sich,
mein Brustkorb weitet sich,
meine Schultern fühlen sich jetzt
wie Schultern an ... sie schultern
die gut zentrierte Last des Kopfes.

Beseelt von der Tiefe meines Atems,
der im Hara gründet,
erahne ich die Weite meines Seins.

Es ist sieben Uhr dreiundvierzig,
minus acht Minuten,
also sieben Uhr fünfunddreißig.
Die Autouhr spinnt mal wieder,
eigentlich das ganze Auto:
„Motorsystemfehler"!

„Weil sich der Kat zugesetzt hat",
hat mir der Automechaniker erklärt,
der mit dem ölverschmierten Gesicht.

Jetzt ist es sieben Uhr vierundvierzig,
minus acht Minuten,
also sieben Uhr sechsunddreißig.
Das ganze Auto war ein Fehler,
eigentlich von Anfang an, denke ich
auf dem Weg zur Arbeit.

Auf dem Bürgersteig kommt mir
ein Mann entgegen, ganz in Orange
mit weißen Streifen ... wie apart.

Mit geübter Hand bewegt er
seinen Stock hin und her,
scheint wohl blind zu sein.
Ich nähere mich ihm langsam.
Er schaut nie auf und niemanden an,
scheint ziemlich blind zu sein.

Und dann entpuppt sich der Stock als
Laubbläser, den der Mann hin und her
bewegt, so als wäre er blind.

Wie konnte ich nur so blind sein,
ihn für blind zu halten! Sollte wohl
lieber an meinen Augen arbeiten;
obwohl – ein bisschen blind
scheint er ja doch zu sein, denn
er lässt jede Menge Blätter liegen.

Mein Matze Ratti

Matze Ratti heißt mein Wecker,
wegen einer Freundin namens Heather,
die tatsächlich einen hatte,
einen Maserati, den sie liebte, so sehr
liebte, dass sie über diesen meditierte.

Unermüdlich tut er seine Arbeit,
dieser Gauner, effizient und sauber,
wie die Mafia und die 'Ndrangheta
nagt und nagt er an den Nerven,
raubt mir meinen heiligen Schlaf.

Doch am Ende wird auch dieser,
der so höllisch läutet, dieser Teufel,
klapperig geworden, in den Orkus wandern!
Lieber Matze Ratti, bitte lass mich schlafen, nur
die Wenigkeit von fünf Minuten schlafen … bitte schlafen!!!

Süßes Lied

Ein tief-tiefschwarzer Schatten aus dem Nirgends
jenseits der Heidenmauer,
vermählte sich mit einem Zebrastreifen.
Allein, ein blauer Bus, ein tölpelhafter,
hat ganz brutal das junge Glück vernichtet …
'ne Trauerfeier gab es nicht.

Auf einem Parkplatz stand ein Fensterladen,
grau-grün und arg verwittert …
ich glaub, es war ein halber.
Dem Sperrmüll grad entkommen,
sang er dies Lied voll schwerer Süße:
„Ach, hätt ich doch an meiner grünen Seite,
auch heut noch dich, du arg Vermisste."

Ein gelber Gartenschlauch
schlich leise um die Ecke.
Es träumte ihm, er sei 'ne echte Boa,
stark im Erdrosseln, sehr gefährlich.
Da trat ein Mann tollkühn auf dieses Etwas
… der Gartenschlauch, der zischte.

„Wyandotte und Wychuchol"

Ach, du liebe Wyandotte,
wie du wuselst und wandelst,
so fabelhaft und federweich.
Heißt du Wolfrun
… woher kommst du? …
oder Wiebke
… wohin gehst du? …
oder Waldegunde?

Willst wohl watscheln,
du wollig Wuschlige,
trotz Wind und Wetter
weiter watscheln,
immer weiter,
wie vom Winde verweht
durch Wald und Wüste,
bis du welk bist …
oder im Wok?!

Könntest dich, wurzelnd im „w",
doch auch wandeln,
würdevoll wandeln zum
Wachtelweibchen.
Schon seh ich dich vor mir,
wabernd in Weiß,
auf dem Weg nach Walhalla,
walkürengleich.

Oh, wahnwitziges Wunder …
Wer weiß, vielleicht
wirst du am Ende, nach
all dem Wühlen und Wuseln,
noch weise, vielleicht
wirst du sogar ein
in der weiten Welt
weise wandelnder
Wychuchol?!

Ich, der „chronische Schmerz", spreche zu euch

Ich bin der Schmerz – ihr nennt mich „chronisch" –,
meint mich zu kennen, doch ihr kennt mich nicht,
denn meine Herkunft, meine Wurzeln interessiern euch nicht.
Ihr hadert mit Vergangnem und träumt von eurer Zukunft,
doch wo ich bin, in eurem Körper, seid ihr nicht.

Ich bin der Schmerz … doch ihr verdrängt mich,
nehmt mich nicht ernst, missachtet mich.
Ihr geißelt mich mit Voltaren und Novalgin,
sogar mit einer Keule namens Morphium.
Kleinkriegen werdet ihr mich nicht,
denn ich bin schnell und schlau,
bin da, wo ihr mich nicht erwartet,
längst nicht mehr da, wo ihr mich wähntet.
Heimsuchen werd ich euch, bei Tage und bei Nacht,
wenn ihr erschöpft zur Ruhe kommen wollt.

Ich bin der Schmerz.
Ich werde zerren an den Wurzeln eurer Zähne,
in euren Schädeln dröhnen
und reißen an den Nerven eurer Beine,
denn ihr verdrängt mich und missachtet mich.

Als ich am Anfang stand, gewissermaßen „neugeboren"
aus einem Missgeschick … aus eurem Missgeschick,
da war ich euch ein „guter Geist",
wie eine „Glocke der Vernunft", die aufruft, wachruft …
doch ihr, ihr habt mich nicht gehört.

Das, was mich kränkte, macht euch heute krank.
Nicht angenommen habt ihr mich, mich nicht für wert gehalten,
nicht lieb gewonnen als den Freund an eurer Seite.
Verstoßen habt ihr mich und tief verletzt in meiner Würde,
die eigentlich doch eure Würde war und ist.

Doch eines habt ihr nicht geahnt –
dass ich mich rächen würde,
euch zeigen würde, was es heißt, mich zu missachten.
Wer, ja wer – ich sage das mit Bitterkeit und Scham –,
wer würde nicht – neurotisch und verquer, weil ungeliebt –
mit Hinterlist, Verstellung und mit Masken
das zu erzwingen suchen, was ihr nicht gewähren wolltet:
Achtsamkeit.

Das Borsel

Ein Mann steht so, als ob es ihn nicht gäbe,
in des Raumes Mitte
und lauscht und
lauscht ...
worauf?

Er läuft nach rechts drei Schritte, drei nach links.
DA!
Ein abgrundtiefes dumpfes b r r s l –b r r s s l l
kriecht düster-lastend durch die Stille
... was IST das?

Der Mann erstarrt, wachsbleich ist sein Gesicht ...
Er weicht zurück ...
läuft wieder drei nach rechts und drei nach links,
gleich einem abgehetzten Tier.
Er greift sich an den Hals, nach Atem ringend.

Der Mann sitzt in der Mitte eines Kreises.
Er kauert auf dem Boden,
hellwach und doch todmüde,
heil-los Wortfetzen stammelnd.
Einsamkeit.

Der Mann sucht seine Sprache,
durch Angst und Wut
bedrängt – verwirrt - entwurzelt,
von Traurigkeit verhangen,
sucht eine Sprache, die ihn wieder hält und trägt.
Geborgenheit!

Der arme Wurm

So manches Wort, das reimt sich gut,
wie „Herzeleid" auf „bin bereit"
und „Hühnchen" auf „Gänseblümchen".

Doch „Fadenwurm" und „kesse Motte"
auf „Wirbelsturm" und „Hottentotte",
das kommt mir komisch vor.

„Iridodonesis", das schöne Wort,
reimt sich auf „Dinosauriergebiss"
und weiß ich auch nur wenig von „Neurosen",
so weiß ich doch,
sie reimen sich ganz prima auf „Arthrosen".

„Schwarzmeerkosakenchor" geht kaum ins Ohr
und reimt sich doch auf „Trauerflor"
und „Pityriasis versicolor".

Auch ich sang einst in einem Chor,
doch kam das, weil ich mein Gebiss verschluckte,
in späteren Jahren nicht mehr vor.

Viel weiß ich nicht, doch eines weiß ich wohl:
„Appendizitis" heißt,
wenn das mein Arzt verkündet:
Der arme Wurm ist arg entzündet.

Die Werkstatt meines Schweigens

In meiner Werkstatt findet man Arthrosen
nebst Gallensteinen und Stenosen.
Ich nehm das alles in mein Schweigen:

Den Hallux valgus von Frau X
und die belegte Zunge samt
Lungenrasseln von
Frau O, und auch den Totraum
im Gedächtnis von Herrn Ä.
Doch wo ist nur Frau N geblieben,
sie war heut einbestellt um acht?

„Verzeihen Sie, Herr Doktor,
sind das denn wirklich meine Bilder?",
fragt mich Frau O ganz aufgeregt.
„Da in der Mitte klafft ein schwarzes Loch,
das sieht so groß und schrecklich aus!
„Nein, nein", versichre ich Frau O.
„Sie irren sich, das ist Ihr Herz. Sehn
Sie denn nicht das warme Licht
der Herzensgüte?" Da schlägt
Frau O errötend ihre Augen nieder,
und unter ihrem zarten Spitzen-Mieder
zeigt sich ein sanftes Pochen.

All das bring ich in meine Werkstatt ein,
samt Lächeln, Herz und Mieder, und lass mich ruhig
in der Welt des Schweigens nieder.

Brief an eine Patientin mit chronischen Magen- Darm-Beschwerden bezüglich derer uns der therapeutische Erfolg leider versagt blieb:

Sehr verehrte Fr. H. G.!

Unsäglich Missgeschick bewirkte,
gnädge Frau,
dass uns Ihr wertes Schreiben
erst heut erreichte.
Wie glücklich darf ich,
im Besitze dieser Zeilen,
für die ich herzlichst danke,
mich nun schätzen!

Den wohlgesetzten Worten
der von Ihnen konsultierten Herren Doctores
der Residenz zu Mayntz entnahm ich,
dass diese, tiefschürfend und in aller Kürze,
die üble Ursach jetzt erkannten,
die faule Wurzel
Ihrer leiblichen Beschwerden.
Unglaublich schier, und doch erbaulich,
was aus der engen, finstren Gassen
der einstgen Festung zu uns dringt!

Vermochten wir noch deroeinst,
Verehrteste,
den werten Leib und Ihre Seele
mit Schröpfen, heitren Scherzen
und Klistieren zu beglücken.
Am Rande nur wär zu erwähnen,
nichtsdestotrotz
von höchster Wichtigkeit,
die Prozedur der Aderlässe,
die wir bei Ihnen vorgenommen!

Wie uns jedoch aus Mayntz
jetzt freundlichst zugesandt,
sind Sie beklagenswerterweise
ein Opfer übler Gesellen,
die Ihr Gedärm bevölkern.
Clostridium difficile, so heißt es,
sei dieses Untiers Name,
das Ihre Eingeweide martert,
erhöhte Fäulnisflora und ein
instabiles Darmmilieu die Folge.

Der Aufruhr Ende ist nun anzustreben!
Mit aller Härte, Schärfe zwar,
doch auch mit Feingefühl
gilt es den zarten Därmen
den Teufel auszutreiben.
Auch wenn Ballast uns sonst von Übel
scheint, der Darm giert schier danach,
verlangt danach, um zu genesen.
Es gilt die Schleimhäute zu stärken,
die Viren und die Pilze abzuwehren!

Dies bleibt mir nun dem Tun und Lassen
der gepriesnen Mayntzer anzutragen,
nebst den Gefilden Ihrer werten Eingeweide.
Worauf ich, der Robustheit Ihres Leibes
und Ihrer edlen Gesinnung eingedenk,
mich anerbieten würde, itzo
daselbst den Rückzug anzutreten.

Bleibt mir noch artig abzustatten
meinen Dank, auch für erkleckliche Bezüge,
sodass ich nun verbleibe,
auf ewig und vorzüglichst

Ihr ergebener

Doktor der Medizin
der Universitäten Bonn und zu Parys

Güldenstern,
mit Diaphrysius, dem viel Gerühmten,
eng verwandt.

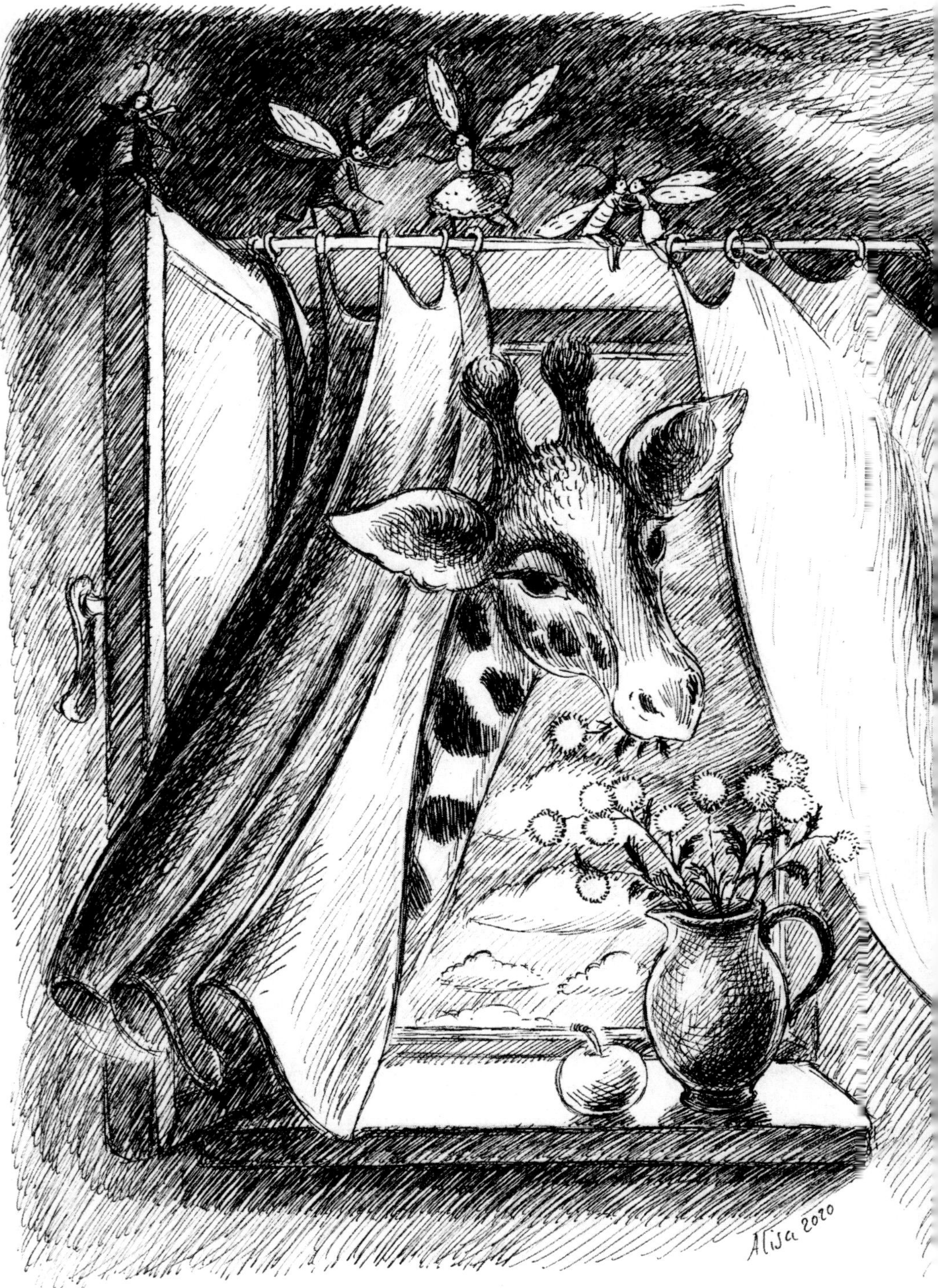
Alisa 2020

Die südliche Wand

Kindergedichte

Kannst du die Flöten hören in der Dämmerung …?
(Im Gedenken an Astrid Lindgren)

Auf Saltkrokan hätt ich so gern gelebt,
wie Pelle mit Tjorven und Bootsmann
und einer großen Schwester namens Malin,
die ihn ins Bett nahm und seine kalten Zehen wärmte.
„Fast explodiert" sah ich den Melcher, Pelles Vater, vor mir,
zwei linke Hände, doch ein goldnes Herz.

Oft rannte ich mit Michel in den Tischlerschuppen
und schnitzte Männchen ohne Zahl.
Nicht Mark und Pfennig, sondern Kronen sparte ich und Öre
und liebte meinen Alfred inniglich.
Ich tat's dem Michel gleich und küsste meine Lehrerin,
und fing wie einen Wolf die „Kommandora" in der Grube.

Als Pippi war ich Sachensucherin und fand ein Holzbein,
bezwang den starken August mit der linken Hand
und balancierte über jeden Dachfirst.
Ich zählte meine Sommersprossen, liebte „Medusin"
und träumte von Herrn Nilson, meinem Äffchen.
Hoch auf dem Schrank, da stand mein Koffer voller Geld.

Ich trug den goldnen Apfel in der Hand und ritt auf Miramis
ins Land der Ferne, in meinem Märchenmantel unsichtbar.
Vom Herz des bösen Ritters Kato blieben nur noch Steine.
Ich sehe meinen Freund Jum-Jum und mich, Prinz Mio,
im Rosengarten meines Vaters spielen.
Kannst du die Flöten hören in der Dämmerung?

Und Lotta war ich manchmal auch, schnitt große Löcher
in Pullover, wenn sie kratzig waren – „Selber schuld!"
Ich zog zu Tante Berg „in Untermiete"
und „lieh" mir, als sie schlief, ihr Fahrrad.
Gut, dass ich meinen Schweinsbärn hatte,
das Liebste auf der ganzen Welt!

Doch meist war ich der Rasmus aus dem Waisenhaus in
Västerhaga
und zog „unschuldig wie 'ne Braut" mit Oskar übers Land,
sang „Jeder Wald hat seine Quelle" und öffnete die Gatter für
zehn Öre.
Kam morgens, Heu im Haar, noch fröstelnd aus der Scheune
und liebte Brot mit Schweinebauch und Milch.
Und schließlich, welch ein Glück, bekam auch ich noch ein
Zuhause.

Das lustige Spiel

Joni lacht und Joni jauchzt,
hat „Hasen" und „Igel" gefunden.
Zwiebelringe tanzen
im siedend heißen Spiel
mit „Viertelnoten" aus Olivenhainen.
Nudeln hüpfen unentwegt ...
doch was ist das?
Käse und Eier wabern im „Zwischen"
und beenden das lustige Spiel.
„Spielen, spielen ... bitte spielen",
ruft ein kleiner Junge:
„Papa lieb?!"

Der Circus

Weit weg von Moskau zwischen Sonnenuntergang und Lugeck*
verströmt ein „Circuskassawagen" Einsamkeit.
Verschlossne Fensterläden schweigen sich kyrillisch aus.
Mein kleiner Jonathan drückt mir die Nase in den Bauch,
streckt seine Zehen abenteuerlustig in die Luft,
dann schaut er flehentlich zu mir nach oben.

Im Dunkel brütet die Manege unterm Sternenzelt;
ein weißer Gartenstuhl döst plüschbezogen vor sich hin
und träumt von goldnen Fransen.

Dem Auftritt des Direktors grünt das Gras entgegen,
und hebt sich voller Hochmut von den Sägespänen ab:
Kannst du die Lippizanerhufe hören?

Was steigt da silbrig glänzend in der Mitte auf?
Da ist 'ne Stange zwischen all den Kabeln und Podesten.
Ob sie zum Himmel führt? … wer wüsste das zu sagen.

---

* „Lugeck" lautet der Name einer Anhöhe in Lindau.
(Das Wort kommt vom mittelhochdeutschen „Luogeckhe" und weist auf einen „Auslug" hin, also eine Stelle, von der man Ausschau halten kann.)

Einmal Kuhfladen sein

Schön ist es im Kuhstall!
„Joni, ganz leise sein,
Kuhfladen sind ganz, ganz still."
Joni kräht und lacht.
„Papa ist so müde", sag ich und gähne.
„'stecken", sagt der „singende Kuhfladen"
und zieht sich die Decke über'n Kopf.
Als „müder alter Kuhfladen" hab ich's gut,
darf einfach so vor mich hin träumen,
brauch nichts zu machen,
kann einfach nur daliegen …
Und dann lach ich im Stillen
über diesen lieben kleinen „gefleckten Kuhfladen",
vielleicht den einzigen „Kuhfladen mit Windpocken"
auf der ganzen weiten Welt.
Und nur der Storch hinterm Sofa merkt,
was da im „Kuhstall" los ist.

„Jonathan geht einkaufen" … eine kleine Ballade

„Lecker!", sagt unser Jonathan und strahlt,
hat seine Käse-Sahne-Torte
fast mit dem Teller aufgegessen,
will jetzt rennen,
den ganzen Weg zur Post.

Drängt sich, kaum angekommen,
zu „seinem" Automaten,
und dass wildfremde Frauen ihre Nase rümpfen,
stört ihn nicht.

Da steht der kleine Racker,
tippt „ganz wilde Zahlen" ein,
versenkt dann ganz beflissen,
kein Räuber wäre jemals schneller,
Prospekte in einem Automaten für Pakete.

Und ich steh vor dem anderen Automaten,
warte Stunden, und denke:
„Spuck doch das Geld aus … bitte!"

Doch Joni ist schon draußen …
Oh Schweißausbruch,
ob ich dich wirklich brauche?

… ich glaub es nicht!
Wer steht denn da im Postauto?
Der Fahrer grinst:
„Such dir was Nettes aus!"
Und Joni strahlt schon wieder,
als wär er ganz zu Hause
zwischen den Paketen.

Jetzt ist mein Honigkuchenpferdchen müde
und lahmt so vor sich hin,
doch mit dem „Tigerhäuschen"
lockt ihn mein Joshua,
sodass er plötzlich wieder rennt,
dann ganz versunken wieder steht,
und „Stunden später" weitergeht.

Als er dann aber wirklich stehen soll, der Kleine –
„Schau mal, die Ampel ist ganz rot!" –
packt ihn das wilde Leben;
er schreit und tanzt und will nicht an die Hand.

Am anderen „Ufer" angekommen,
ist er ganz plötzlich weg,
wohin denn bloß?
Schnurstracks verschwunden
in der Apotheke, wo man ihn fragt:
„Wie wär's mit einem Traubenzucker?"
„Mag nicht!", schreit er empört
und zieht sein Schnäuzchen krumm.

Im Bäckerladen steht er dann umgeben
von lauter großen Menschen:
„Joni, wo bist du?"
Hat sich mit seinen kleinen Händchen
fast durch die Ritzen der Vitrine
hindurchgebaggert bis zum Leberkäse.

„Nicht, Joni, der ist giftig!",
schreit da sofort mein Großer,
was meinen Jonathan nicht stört.
Ich schau ihn an, recht streng,
und etwas schuldbewusst
zieht er sein Näschen kraus,
doch weinen tut er nicht.

Wie schön, jetzt sitzen wir im Auto.
Kaum eine Stunde ist vergangen,
doch ist mir so zumute,
als wär's ein ganzer Tag gewesen.

Seelenfütterung

Schon mal ein Nashorn am Bauch gekitzelt,
eine Giraffe hinter dem Ohr gekrault
oder gar einem Krokodil die Zähne geputzt?

Das Leben ist lebensgefährlich, das steht fest!
Erst neulich hat mich ein Barsch in die Nase
gebissen, und kaum zu glauben, aber wahr,
hat mir ein Leopard ein Bein gestellt:
Da war es tatsächlich gebrochen!

Sagte ich schon, dass ich Tierpfleger bin?
Ich bürste tagtäglich das Fell meiner Affen
und suche das liebe Chamäleon.
Zufrieden lächelnd kommt mein Vielfraß
aus der Futterkammer: Aufgeräumt!

Wer macht denn da Musik? Kaum komm ich
um die Ecke, seh ich das Känguru
am Schlagzeug und das Wiesel am Klavier
vor dem Erdmännchenchor –
der Elefant spielt die Trompete.

So mannigfaltig wie geschildert,
ist auch das muntre Treiben des Getiers,
das sich in meiner Seele tummelt,
ist die Gestimmtheit und Bedürftigkeit …
Vielleicht ist es so ähnlich auch bei dir?

Man ängstigt sich, verärgert und verliebt sich;
vor allem aber harrt man immer wieder hungrig
neuer Seelennahrung.

Vatertag

Ein kleines Mädchen,
zehn Jahre alt vielleicht ...
ich nenne sie Nora ...,
die Zöpfe straff geflochten,
an meinem Nebentisch
im Café am Stadttor.

Nora (streng): „Papa, hör auf
mit dem Handy zu spielen!
Wir wollen jetzt frühstücken!"
Ihr Vater errötet und lächelt verlegen,
steckt zögerlich sein Handy ein ...
ein Wiederholungstäter?

Dank sei den Töchtern,
die ihre Väter
den Umgang mit dem
Handy lehren.
Muss es doch auch mal
Zeiten ohne Handy geben!

Der Schicksalsfaden

Ein Pendel wie aus einer anderen Welt
hängt Tag für Tag am Fenster,
mit einem Birkenblatt am Ende …
doch keine Spinne
weit und breit.

Ein kleines Hähnchen kräht im Bad,
will keine Händchen waschen, schreit
„wah", die Augen weit geöffnet:
ein kleiner Löwe, grün-orange,
mit gelben „Tatzenschonern"?

Heut bin ich traurig zwar,
und allem doch verbunden:
„Kleintiergeruch" verschwitzter
Kinderhaare – wie tröstlich und
belebend in meiner Einsamkeit!

Ein alter Mann, ein Greis,
will die Zitronen gießen,
belächelt torkelnd –„Herrschaftszeiten!
Ich glaub, ich bin besoffen!" –
die eigene Gebrechlichkeit.

Ein Pendel wie aus einer anderen Welt,
mit einem Birkenblatt am Ende,
will nicht mehr länger warten,
wird jetzt auch ohne Spinne schaukeln
im lauen Sommerwind.

Ich wollte Äpfel ernten …

Erschöpft vom Spiel
mit Nord- und Südwind,
verfing sich eine kleine Wolke
in einem Apfelbaum.
Die Äpfel staunten
ob dieser weichen, weißen Last.

Satt und zufrieden
saß sie im Geäst,
kein bisschen ängstlich,
ans Ziel gelangt
wie ein Waggon,
der ganz allein
am Prellbock steht.

Kaum dass es dämmerte,
wollt ich die Äpfel ernten.
Doch was ich fand,
war eine Mistel,
üppig und kugelrund.

Glaub nicht, dass der Wind die Bäume bewegt

Glaub nicht, dass der Wind die Bäume bewegt,
die Bäume bewegen den Wind.
Sie gestikulieren mit Ästen und Zweigen,
berauscht von diesem und jenem.

Im Zwischen flüstert unmerklich das Gras,
erhebt sich ganz zart ein Raunen.
Und von Wurzel zu Wurzel webt sich
ein Zwiegespräch zwischen Zwergen.

Wer weiß, ob es dem Wasserfall
wirklich gefällt, und ob er es mag,
wenn das Wasser fällt.

Ob es dem Blitz immer Spaß macht,
wenn er in Häuser einschlägt.
Vielleicht leidet auch er, wenn
er Leid zufügt, ist untröstlich,
weil er nichts anderes kann.

Der Donner kommt immer zu spät,
der Blitz andauernd zu früh,
das behauptet zumindest der Donner.
Was Wunder die Wut bei beiden,
da doch gar nichts zusammengeht.

Einst türmte sich Wolke auf Wolke
bis in schwindelerregende Höhen,
doch dann, es war ein Mittwoch im Mai,
da blieb die oberste hängen und
verschmolz mit dem Himmelszelt.

Drum ballen sich auch heut noch die
Wolken erschrocken zu Cumulonimbus,
beäugen die Schäfchenwölkchen
voll Ehrfurcht das Firmament und
manche gar manchmal auch ängstlich.

Da hat es der Regen leichter, denn
wohin er gehört, das weiß er,
und stets auch, wohin er geht.

Freudig nährt er Bäche und Flüsse,
und tränkt die dürstende Erde, lässt
Tropfen mit Tropfen tanzen, und wird
nur selten zur wild wallenden Flut.

Siehst du das Kind, wie sich's im Regen dreht
mit knallgelben Stiefeln und lacht?
Glaub nicht, dass es in einer Pfütze steht,
das ist der Ozean!

In der Nacht sind alle Katzen ... bunt!

Wenn sich das Licht erschöpft, der Tag
zur Neige geht, und man sich ausruht,
mal ich mit Eifer und mit Lust die
grauen Katzen an in bunten Farben.

Sie tragen ihre grünen Hosen und die
rosa Kleider mit sichtlichem Behagen
und feiern, im Stil vergangener Zeiten,
auf allen Dächern unsrer Stadt.

Ich aber sinke, den Pinsel noch in
meiner Hand, ermattet nieder, lass
mich von Traumgespinsten sanft
umhüllen, und seh bis auf den
Grund der Dinge – denn schlecht
sind meine Augen nur bei Tag.

Wie ich es liebe, dieses Nachtschwarz,
das sich auf allen Plätzen niederlässt
und nicht die kleinste Nische auslässt,
in allen Straßen, allen Gärten, und
das Geschrei der Menschen aufsaugt,
das Jammern und das Klagen.

Erst wenn das Nachtschwarz satt ist,
sieht man, befreit vom Joch des
grellen Lichts, die Schatten tanzen,
erst jetzt beginnt die tiefe Stille.

Das, was zuinnerst ist, das kehrt
die Nacht nach außen und zeigt
der Welt im Schutz der Dunkelheit
die ihr zueigne Nacktheit, so wie
sie war im Anbeginn der Zeit.

Sie eint den Himmel und die Erde,
entsagt sich jeder Pflicht, lässt
Eitelkeit und Stolz verstummen.
Sie feiert sich in ihrer Langsamkeit
und streckt sich, lautlos unverzagt,
in ihrer kaum verstandenen Weisheit
nach diesem und nach jenem aus.

Was sich einander zuneigt, das
vermag sie zu verbinden, wenn
etwas wund und weh ist, heilt sie,
doch löst sie, wo es was zu lösen gilt.

Und wenn die Morgenstunde naht,
sieht man wie sich die ersten Strahlen
am satten Nachtschwarz gütlich tun;
das Dunkel muss jetzt weichen,
auf dass der neue Tag sich zeigen kann
in seiner ganzen Pracht.

Erde, wo bist du?

Erde, wo bist du?
Nur du kannst tragen, ertragen, austragen.
Nichts und niemand
kann immer nur fliegen, fliegen, fliegen!
Man muss doch auch ruhen dürfen,
sich einkuscheln und Höhlen finden,
sich einwühlen
in das wunderbar Umhüllende …
In deinen fruchtbringenden Schoß,
Ort des Mysteriums
und Horizont zugleich …
Wo Luft und Wasser, einander empfangend,
sich umspielend begegnen,
wo du, liebe Erde, dich auflöst
und wiederfindest,
zu Licht verklärt.

Wo du dich einlässt auf den ewgen Tanz
von Licht und Schatten,
auf das Spiel des Sich-Zeigens
und -Verbergens.

Und ganz versunken noch
ins Spiel, in unser Spiel,
legt sich mein Lied
an deine Seite,
ein leises Summen
voll von Liebe, kindergleich.
Erde, wo bist du?

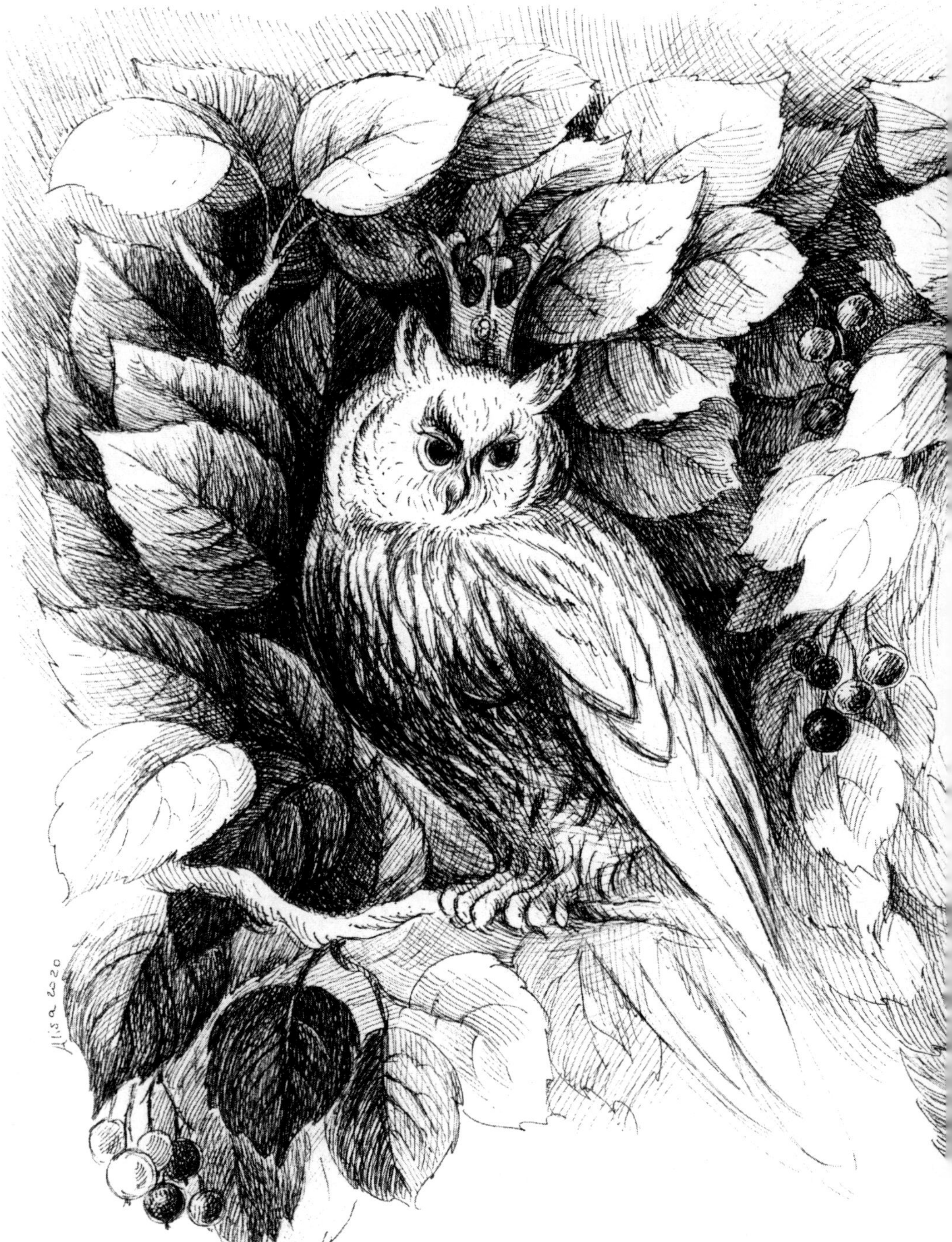
Alisa 2020

Die nördliche Wand

Sinnliche Gedichte
und
Liebesgedichte

Midori me

Hände berühren
freudig einander,
spielerisch
folgend
dem innigen Tanz.

Doch was ist das?
Hand kaum noch fühlbar,
bricht weg.
Ach, … nur die Katze
des Nachbarn!

„Finde mich!",
schnurrt ein Etwas
in der Tiefe
des Hara:
„Ah, … welch wohlige Fülle!"

Das letzte Mal, als ich dich sah …

Ein Tropfen umspielt die Spitze des Zweiges,
und umfangen von seinem Zauber,
werd ich ihm fühlsam gleich.
Ich streck mich dem Himmel entgegen
und finde mich staunend wieder,
im Erdenwurzelreich.

Ein sanfter Wind, gar nicht so kalt,
streichelt die raue Rinde.
Feucht funkelnd
zeigt mir der Asphalt
den Weg zu dir,
geliebte Morgensonne.

Es kreuzt meinen Weg
mit strahlendem Aug
eine anmutig lächelnde Frau,
und spricht in der Sprache des Baumes:
„Wenn du, von mir berührt, erblühst,
erwach ich tief in meiner Seele."

Wer möchte nicht mal Baum sein

Wer möchte nicht mal Baum sein
und Baum spielen?
Ich jedenfalls, und zwar mit dir!
Ich spüre meine Zehen ganz
verflochten mit den deinen:
mein Baum-Ich und das deine.

Ich spüre sie wie Wurzelwerk
sich ins Verborgene verzweigen,
auf wundersame Weise innig
in meiner Erde, deiner Erde,
in unserer Erde Reich!

Baum spielen heißt,
im Stillen sich zu suchen,
feinfühlig sich zu finden,
und dann im anderen auch;
im Jahresrund dem Wandel
der Natur zu lauschen:
erst Aufbruch und dann Nachgesang,
erst Frucht, dann Frost.

Im Stillen sich begegnen heißt,
mit Sorgfalt und mit Sanftheit,
beseelt und doch bestimmt
inmitten dessen, was sich rau und rissig
anfühlt, doch kärglich nur
die eigene Scham und Schuld verhüllt –
Scham des Geworfenseins,
Schuld aus Verstrickung –
das zarte Etwas aufzuspüren.

Zwar ist die Rinde rau und leidvoll,
doch baut sie kühn Gebilde auf,

erzählt und singt
und schweigt sich schließlich aus.
Und ich, ich bin ganz still und
nehm das zarte Etwas in mich auf.

Noch ganz davon durchdrungen,
leg ich die Hand
auf deine Wunden,
erst ehrfurchtsvoll und
zögerlich, doch dann
ganz zärtlich und
vertrauend.

Baum spielen heißt,
sich zu verströmen
in das vielblättrig Andere,
heißt horchend sich
verlieren im Zwischenreich
der Echos,
um sich erneut zu finden,
zu erfinden, in tief
empfundener Innigkeit
mit einem Lächeln der Gewissheit,
das nur in jenem Menschen reift,
der um Verhängnis und Vermächtnis weiß.

Wer möchte nicht mal Baum sein
und Baum spielen?
Ich jedenfalls, und zwar mit dir!
Dann könnte ich mein Baumsein
mit dir teilen:
Die Erde wäre mein und dein,
ich würd mit dir zum Himmel
aufwärts streben
und damit wär ich
ganz bei dir.

Die Herzenskönigin

Willst Herzenskönigin werden,
das Zepter in der Hand?
Ich wünsch dir die passenden Menschen dazu,
monarchistisch gesinnt, mit Verstand.

Ich wollte nie Herzkönig werden!
Hab ein einfaches Herzbubenherz,
empfindsam und stark
und der Freiheit verpflichtet.

Zuweilen hüpft es im Leibe
und tanzt dann mit allen vor Freude.
Doch hält es stets Tränen bereit,
für den Fall, dass es Schmerzen erleidet.

Es bebt vor Verlangen und Sehnsucht,
doch schlägt's mit dem niederen Volke.
Es sucht tief drinnen nach Klarheit,
nach Herzensgüte und Wahrheit.

Wer hat zuletzt die Karten gemischt?
Jetzt misch ich sie neu!
Denn ich suche, ganz schlicht und ergreifend,
ein reines Herzdamenherz.

Wie ein verletzlich irdenes Gefäß

Was ist es andres als ein Stottern oder
Stammeln, wenn man über Liebe spricht.
Und doch drängt sich ein Bild mir auf,
durchdringt mich ganz und gar seit Jahren,
verlangt nach Zeugenschaft:

Wie ein verletzlich irdenes Gefäß
scheint mir die Liebe,
in Wohl und Wehe dem Klima unterworfen,
das zwischen dir und mir
und zwischen all den anderen Menschen herrscht.

Der Riss war unscheinbar, entzog sich dem Betrachter.
Erst spät, zu spät, bemerkten, spürten wir
den Riss, als uns ein Schmerz durchfuhr,
als hätte eine Klinge, fein säuberlich
und ohne Blutvergießen, uns durchtrennt.

Was blieb war ein Erstarren, quälend kalt.
Das irdene Gefäß der Liebe war zerbrochen
und konnte nichts mehr halten.
Wo war die Hand, die, sorgsam und mit Kunst,
den Riss zu heilen hätt vermocht?

Nicht, dass wir nicht zuständig wärn
in Rede und in Antwort; und doch
sind es nur wenige Faktoren,
die unserm Einfluss unterliegen,
unzählge aber, die sich uns entziehen.

Es gilt, sich da hineinzufinden,
den Horizont des Unermesslichen zu spüren,
hinabzusteigen in die tiefsten Tiefen unsrer Seele,
vertrauend einem „Etwas" oder „Nichts",
das alles trägt und hält ... vielleicht.

Nichts tät ich lieber …

Du, noch fast am Anfang
des Lebens, und ich,
wer weiß …
bald schon am Ende.

Und doch! Das Pochen
deines Herzens zu hören und
die Sanftheit deiner Lippen zu spüren,
nichts tät ich lieber als das!

Schau bitte freundlich auf mich
und bleib mir gewogen.
Zwar werde ich weiterhin träumen,
doch mich darin üben, zu schweigen.

Kannst du die Margeriten sehen?

Es gibt eine Saite in mir,
die bringst nur du zum Erklingen.
Sie erzählt eine Geschichte von dir
und meinen innigsten Wünschen.

Vom Wunsch, wie ein Buch zu sein,
das dich und dein Herz erfreut,
mit Worten und Bildern ohn Zahl
und Zeichen, die uns bedeuten.

Bei Nacht dein Kissen zu sein,
das weich deine Wangen umschmiegt,
und selbst in den wildesten Träumen
dich sicher im Schlafe wiegt.

Dein Mantel und Kleid zu sein,
dich zu wärmen in kalter Zeit,
und in den Stürmen des Alltags
vor Leid und vor Kummer zu schützen.

All das wäre ich gerne für dich
und werd es wohl kaum jemals sein.

Doch bewahr ich ein Bild im Herzen:
Ein Garten wär ich gerne für dich,
ein wildwogend Meer von Blumen
und Bäumen, die umarmt werden möchten.

Wo deine Lippen mich zärtlich berührten,
hast du lauter Blumen gesät.
Schau sie dir an, die Margeriten,
wie schön und wie lieblich sie sind!

Bin ganz bei dir

Mit deiner sanften Stimme hast du mich
besungen, mich zu mir selbst befreit,
die letzten Eierschalen weggeblasen.

Ich bin benommen und der Boden
schwindet, vor lauter Freudentränen.
Was hast du nur mit mir gemacht?

Ich möchte dich von ganzem Herzen
lieben, an jedem Ort, zu jeder Zeit,
und mit dir auch dein „inneres Kind".

Soweit ich es vermag, will ich dich
schützen, für dich da sein,
mit Körper, Seele und Verstand.

Du bist in meinem Herzen, strahlst aus
meinen Augen, bist mein Lächeln.
Wie könnt ich anders, als dich lieben!

Jetzt, da ich in der Ferne weile, umarm
ich mich und lasse meine Lippen
sanft auf den eignen Armen ruhn.

Die vielen Stimmen sind mir unerträglich,
allein ein Vogel darf mir singen,
denn in Gedanken bin ich ganz bei dir.

Zeit unseres Lebens

Zwei Wellen im Ozean, die sich erkennen,
sind füreinander „Zeit ihres Lebens".

Kannst du sie nicht mehr sehn, so
doch vielleicht hören,
wenn sie, im Lobpreis vereint, als
Meeresgetier die Wassermusik anstimmen.

Oder sind sie zu Feder und Stein geworden?
… zu Engelchen und Teufelchen?
Oder gar zu Kindern, die sich im Garten
des Daseins versteckt und gefunden haben?

Wer weiß, vielleicht, aber auch nur vielleicht,
sind sie ja zu erwachsenen menschlichen Wesen
geworden, deren Lippen sich in Liebe
innig verbinden.

Ich spür dein inneres Leuchten

Meine Hände gehen auf dir
spazieren, spüren
deine Wärme und
dein inneres Leuchten.

Spüren auch die Weisheit
deines dritten Auges, das
ich kannte, lang bevor ich
meine Mutter „Mutter" nannte.

Liegst du bei mir und versinkst
in meinem Körper, spür
ich nicht nur deine Arme, auch
die Narben werden eins mit mir.

Eins mit mir wie deine sanften
Lippen, die unendlich fühlsam
mit den meinen
eine neue Welt erkunden.

Und ich spür dein leises
Beben, deines Körpers
tiefe Sehnsucht öffnet
Türen auch bei mir.

Türen, die in Gärten führen,
wo ein aus dem Nest
gefallner Vogel bei mir
Schutz und Zuflucht sucht.

Geh mit dir entlang den Hecken
über Wiesen, über Felder,
auf verschlungenen Wegen
auch durch Wälder.

Komm mit dir zu einem Teich,
wo du zwischen Anemonen
und Sumpfdotterblumen
deine innere Ruhe findest.

Ich versprech dem kleinen Vogel,
ihn auch künftig zu besuchen,
kehr zurück zu meinen Händen
und zu deinem Körper.

Seh uns als e i n „Liebestier",
wohlig schnurrend, eng
umschlungen, das noch
nie gefühlte Orte spürt.

Siehst du die kleinen Astern?

Hab meine Seele vor dir ausgebreitet
wie einen großen, bunten Teppich
aus Gras mit lauter Blumen.
Siehst du die kleinen Astern?
Sie blühn für dich und mich.

Seh ich dich sorgsam deine
schlanken Füße setzen,
Schritt für Schritt,
komm ich ins Träumen …
möchte deinen Körper spüren.

Als Gras bin ich bedürftig zwar
und hungere nach Berührung;
sei dennoch ohne Furcht, denn
deine Schritte sind bereits die Küsse,
die ich sehnsuchtsvoll erwarte.

Ich spüre deine Fersen, deine Zehen.
Ah, was für eine Wohltat ist es,
mich durch dich zu spüren!
Denn erst durch deine zarten Füße
bin ich, was ich bin.

Kannst auf mir tanzen, wenn dein
Herz im Leibe springt vor Freude;
und wenn du müde bist,
dann leg dich auf mich nieder
… möcht dich im Schlaf behüten.

Ode an die „geliebte Waldohreule"

Dort, wo sich kühn die Wege gabeln,
blieb ich gefühlte Ewigkeiten wie
festgehext und angewurzelt stehn;
unbekümmert zogen Mensch
und Tier an mir vorbei, denn
ich war unsichtbar vor Kummer.

In die Versuchung wollte mich
der eine führen, der andere Weg
in die Versagung, und ich stand
wie gelähmt davor, voll Trauer,
mutlos und verzagend;
versteinert waren meine Tränen
und die Wut, verdorrt die Lust,
bis eines noch nicht fernen Tages
du in mein tristes Leben kamst,
wie eine große Waldohreule, die
mich ganz still betrachtete mit
ihren klugen braunen Augen, und
zart mit ihrem Federkleid berührte,
die meinen Seelengrund erkannte
und ihre eigene Sanftheit auch.

Verliebt in deine angekrauste Stirn
und in den Zauber deines Lächelns,
tat sich für mich ein neuer Weg auf
mit Wärme, Licht und Zuversicht,
ein Weg der lebensfrohen Liebe, die
jede Gabelung eines Weges meistert.

Ach Du, mein liebes Du …

Kaum kenn ich dich zehn
Wochen, spür ich ein
Ziehen und ein Zagen
in den Knochen; will,
da mein Geist nach
Finnland schweift, viel
lieber bei dir bleiben …
obschon die Reise lockt.

Drum bitt ich dich, leih
mir, für fünfzehn Tage
nur, ein Stück von deinem
Herzen, dann wär's für
mich, wenn auch mit Ach
und Weh, viel leichter zu
verschmerzen, so weit
von dir entfernt zu weilen.

Ich fand da einen Satz bei
Ringelnatz, der auch sehr
tröstlich war, den werd ich
immer wieder wiederholen;
der lautet, freier noch als
frei zitiert: Der Mensch
braucht auch die Fernen
zum bessren Kennenlernen.

... als wärest du bei mir

Ganz tief in meiner Seele halt ich
dich geborgen, spür ein Sehnen, dass
du ein Kindchen unterm Herzen trügest
als Zeichen unsrer Liebe.

Durch Wälder, große Seen und weite Ebnen
sind wir zwar getrennt, doch innerlich
bin ich mit dir verbunden, auf allen
meinen Wegen, als wärest du bei mir.

Ich seh dich zwischen moosbewachsnen
Felsen Heidelbeeren pflücken,
hör dich jubeln, wenn du im Moor
die seltnen Moltebeeren findest.

Sanft schwingt der kräftge Stamm der Birke
sich in seiner Rundung, und meine Hand
schmiegt sich an seine glatte Rinde,
so inniglich, als ruhte sie auf dir.

Der Lokkasee erglänzt im Abendlicht,
im weiten Rund umsäumt von Binsen,
die sich, so filigran wie Riesenwimpern, in
ihrer Vielzahl stolz gen Himmel recken.

Siehst du die Hügel, die wie Urzeittiere
beieinander liegen? So möcht ich
bei dir ruhn, um in der Dämmrung Stille
das Schattenspiel der Kiefern zu betrachten.

Und senkt sich einst der Vorhang
zwischen dir und mir und dieser Welt, seh
ich uns jenseits allen Jammers, aller Fragen,
am Firmament als Sternenwesen.

Der erste Kuss oder „Wir" ist jetzt!

Auch wenn der erste Kuss
der Anbeginn von etwas Neuem ist,
ist er ein unerhörtes Nimmerwieder.

Nicht mir, nicht dir gehört der erste Kuss;
als flirrende Ekstase eines einzgen Augenblicks
gehört der erste Kuss zuallererst
sich selbst und niemand sonst,
umhüllt erst dann das Ich,
das Du und auch das
WIR.

Kein Schweigen ist verschwiegner
als das Schweigen dieses Augenblicks,
in dem der Aufprall eines Steines
für den der küsst
vom fast unmerklichen Geräusch der Feder
kaum unterscheidbar
ist.

Wer sich auf diese Weise liebevoll begegnet,
noch etwas zögerlich vielleicht,
doch voller Sehnsucht und Begehren,
befindet sich im allerkleinsten,
wunderbarsten
Nirgendwo,
abseits des Hin und Her,
abseits des immer Irgendwo,
dort wo es keine Grenzen gibt,
denn eng umgrenzt und eingeschränkt
ist nur die Welt der anderen.

So warst auch du mir
als Geschenk des Himmels offenbart!
Beim ersten Kuss versanken meine Lippen
unendlich in den deinen
und unbeschreiblich,
unbegreiflich schier war dieses Einssein
schon im ersten Augenblick.

Mit deinen sanften Lippen
hast du mein aufgeregtes Herz
besänftigt, meinen Geist beruhigt,
hast schon beim ersten Kuss
den tiefen Schmerz in mir erkannt,
der mich seit Kindheitstagen
hinter eine Maske bannte.

Kurzum, bereits
bei unserem ersten Kuss
fand ich mich wieder,
jenseits von Raum und Zeit,
in einem nie zuvor gesehenen
JETZT!

Die Rose

Berühr ich die von Tau benetzte Rose
zart mit meinen Lippen,
geh ich auf eine Seelenreise hin zu dir,
als ob dein Mund das auch zu fühlen wüsste.

Vor ihrer Anmut schließ ich meine Augen,
kehr trunken heim zu mir, und kann,
durchtränkt von ihrem Duft,
auch dich in deiner Schönheit spüren.

Bin nicht mehr hin und her gehetzt;
bin nicht mehr ausgesetzt der
schrillen Schärfe und dem Dröhnen,
dem Zerren und dem Ziehn des Alltags.

Wie die im Morgentau erwachte Rose
mich tief im Innersten berührt,
so bist du eins mit mir, bin ich
in deinen Armen sanft geborgen.

Hab dich zusammen mit dem Duft der
Rose in mein Herz geschlossen, auf dass sie
auch im Alltag uns beseelen möge
mit ihrer wundergleichen filigranen Vielfalt.

Dort will ich dir begegnen …

Die Vielfalt der Natur vermag
auch das, was längst versteinert ist,
in unserer Seele zu durchdringen, umhüllt,
was uns beengt und in uns zaghaft ist,
mit Flieder- und Glyzienduft.

Der Raps erstreckt sich leuchtend
bis zum Horizont, gleich einem üppig
gelben Teppich auf lauter grünen Stängeln,
und blüht in meinem Herzen weiter,
ganz still und unermüdlich.

Da, wo der Raps sich anschmiegt
an die dunstverhangenen Berge,
dort will ich dir begegnen, denn
nur in diesem „dort" bin ich, bist du,
sind wir dem Himmel nahe.

Salt and Vinegar

It broke my mind
to hear your voice,
the sweetest voice of all,
and brought me to the edge
of time and reason,
to listen to your heart
afloat in all the tears
of bygone grief and
joy and desperate love,
your shyness and some
bashful hesitation
just adding up
to all your charms.

No masterpiece, nor
any famous singer could
find the narrow path which
leads down to my heart,
but for your voice,
which fathoms all the
deepness of the deepest seas
and all the atmosphere
up to the highest heavens.

This voice of yours which
had the power to redeem
me from the abyss of my soul,
fill me with hope and longing,
with longing for a loving
life in peace, perpetually
being born and reborn
in the both of us.

In short: I wanted you to be
the one to call the angel
when my heart get's weak
and life comes to its end.

Alas these thoughts and
feelings were illusions,
illusions that your distrust
could be soothed, your
tendency to shout at me.
Your parents were a wizard
and a bitch, I recollect,
who fed you and your brother
with bread all dry and
water mixed with vinegar.

And vinegar was what I tasted,
when trivial things and temper
drove the two of us apart.

Monkey Muffins

Wie du das immer hinbekommst,
ganz frei von Kata Strophen,
… ich meine kulinarischen …,
ist mir ein Rätsel.
Kein fades „Wurzelwortgemüse",
kein abgestandenes „Gefühlskompott"
und auch kein „Frühlingsrollenspiel",
wie ich es kenn von mir.

Ich liebe „karamellisierte Frikative"
und „Crème brûlée mit Anapäst".
Denk ich jedoch an
deine Wunderspeisen,
so lyrisch-leicht und
luftig-lustig
wie „Lauch mit zarten Tofupunkten",
könnt ich ins Schwärmen kommen.

Ich brauch dagegen meinen Pudding
aus lauter kleinen Denkanstößen.
Du weißt, ich wuchs bei meinen Tanten auf,
da gab es sonntags immer „Rinderbraten
mit kleingedrucktem Sauerkraut".
Zum Festtag gab es noch ein Gläschen Wein,
meist von der Mosel, manchmal auch vom Rhein,
ganz ähnlich war's bei Wittgenstein.

Ich lieb auch meine „Schweineverse",
im eignen Saft gegart mit Fragezeichen,
doch weiß ich wohl,
du kannst sie kaum ertragen;
und meine angestaubten Schinken lieb ich auch,
schön anzuschaun und auch erbaulich,
mit Ratatouille aus Lucida,
doch zugegebnermaßen schwer verdaulich.

Mit Schillers Worten könnte ich natürlich sagen:
„In gärend Drachengift hast du
die Milch der frommen Denkart mir verwandelt."
Doch lass uns über all die Gegensätze schweigen
und in den Auberginentanker steigen.
Wir wollen in das Land der Monkey Muffins reisen
und beim Genuss von „Crumble in the Jungle"
deine Kochkunst preisen.

Die Waden meiner Liebsten

In deinen Waden tanzen die Delfine,
die Irawadi und die Orcas,
die Guyana und die Sotalia,
vor allem aber Tümmler, viele Tümmler.

Einst waren sie ganz kleine, zapplig-zarte Wesen,
und Schwimmen, Laufen, Tanzen ihre Lust.
Jetzt, groß geworden, fahren sie gen Petersburg,
und Indien, Kerala, ist ihre Welt.

Vormals zerkratzt von Dornen dürsten sie nach Trost,
und wollen, wenn das Leben stachlig-rau ist,
auch heute noch gestreichelt werden.
Das lieben die Delfine!

Für sie ist jeder Tag ein neues Abenteuer und
manchmal sehn sie das, was dir verschlossen bleibt.
Doch spielen sie auch gern Verstecken,
umhüllt von wohlig-weichen Kleiderstoffen.

Jetzt schlafen die Delfine in den Waden
und träumen: „Fangt uns, fangt uns doch!"
Von Sand und Wind und Sonne träumen sie,
von Kerala, von einer anderen Welt.

Die Freiheit, zu spüren…

Der Anblick des köstlichen Mahls betäubt
den ziehenden Schmerz in der Brust,
und der betörende Duft belebt
die gefesselten Sinne.

Aber wiegt das die Freiheit auf,
im Tanz der Berührung
mich selbst zu spüren und dich?
Nimmermehr!

Frauenschritte hör ich
kommen und gehen,
doch verzerrt ist ihr Echo
und brach liegt mein Herz.

Wo ist sie geblieben,
die fühlvolle Hand, die –
von innerer Glut bewegt –
mich einst freudig begehrte.

In ihre Höhlung wollt ich mich
schmiegen, verträumt hineinbiegen,
wie ein schnurrender Kater
mich innig drin wiegen. Vorbei!

Doch bin ich mir dessen wohl bewusst:
Von meinen Fesseln befrein
kann mich niemand –
niemand außer mir selbst!

Verspielt

Gequält dringen Stimmen
aus Nischen und Ritzen,
und auch das Klagen
knarzender Türen.

Dräut lastend und grau
das Gewölk überm Haus
wie ein sinkendes Schiff
zwischen leuchtenden Birken.

Umtänzeln Fantasmen von
Wolkengespinsten
die Rippen der Bäume
am Himmelsrand.

Verschwimmen die Grashalmspitzen,
feucht glänzend wie Seegras
im Licht der sich neigenden Sonne.

Und inmitten von sattgrünen
Wiesen ergießt sich
in feuergleich wallendem
Rot ein Hydrant.

Am Spielstraßenende steh
ich … hab alles verspielt:
Ist die Sehnsucht verblasst,
verdorrt auch das Herz!

Das elfte Gebot

Was uns einst schwarz auf weiß verband,
ist jetzt wie ausradiert.
Ohnmächtig stehen wir davor
und fassungslos,
vor dem Gelöbnis ewger Treue.

Gott gab den Menschen zehn Gebote,
doch es gibt ein elftes:
„Ihr sollt aus dem Papier,
das eure Namen trägt,
als Zeichen eurer Liebe Dampfer bauen!"

Wir strebten nach dem Glück,
arglos und unbedarft,
der Tag der Prüfung kam,
und wir vermochten der Gefahr
des Scheiterns nicht zu trotzen.

Ich lernte die Größe der Herzen zu messen,
doch Dampfer zu falten, lernte ich nie.
Wie wär's, das Papier,
das zur Liebe nicht taugt,
dem Feuer endgültig anzuvertrauen?

Auf dass die Asche unserer Liebesmühe
in ihrer Reinheit fruchtbar werde
und aus Vergeblichkeit Vergebung!
Schau sie dir an, die Flamme:
Ist sie nicht schön und schrecklich zugleich?

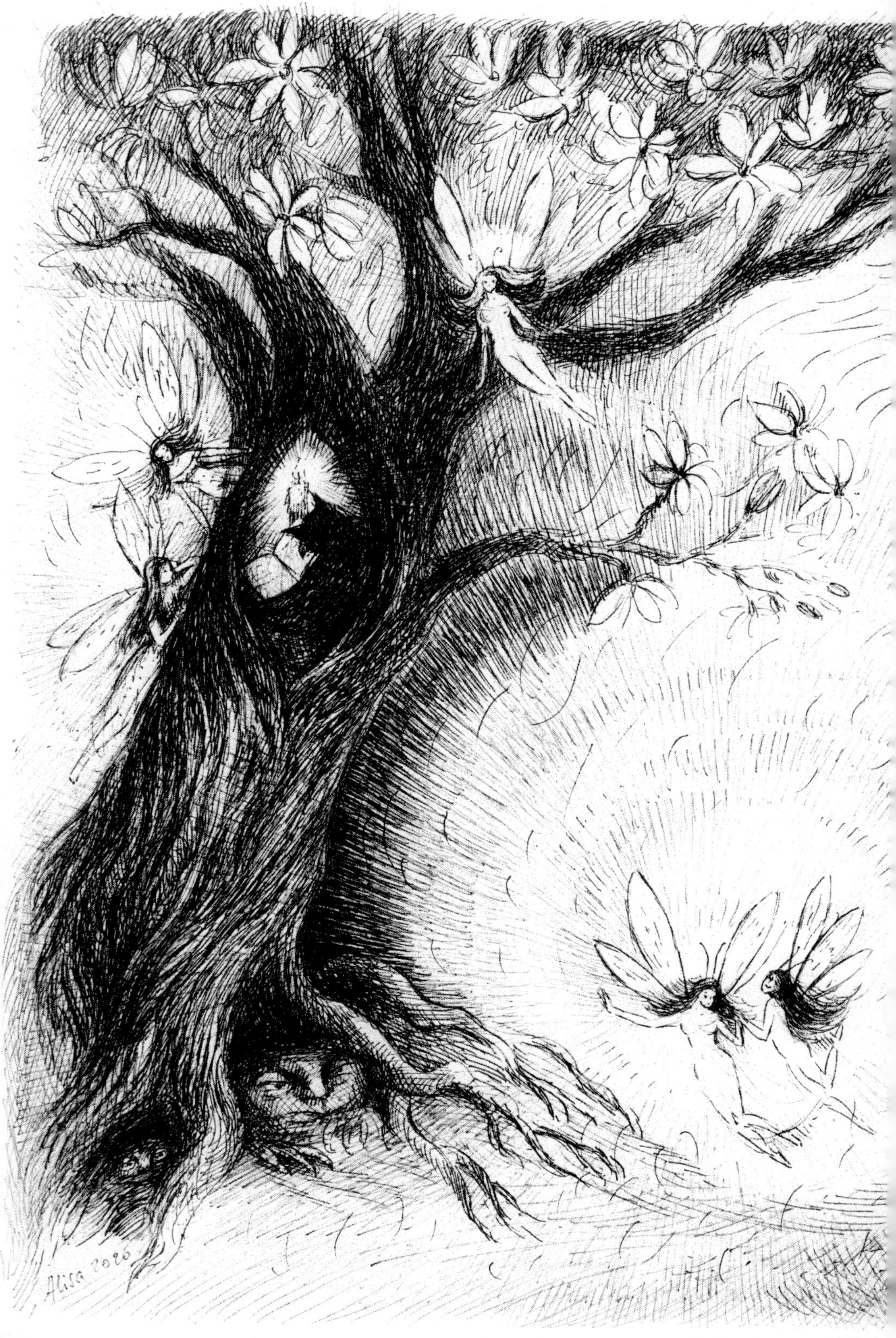
Alisa 2020

Die östliche Wand
Übersinnliche und philosophische Gedichte

Die Farben deines Schattens

Nenn mir die Farben deines Schattens, nenn mir sein Gewicht?
Ich hör dich sagen: „Diese Fragen, die versteh ich nicht."
Ich seh daran, wie wenig du ihn kennst,
denn alle Farben hat dein Schatten.

Nichts hängt und haftet inniger an dir
und bleibt dir treu bis ganz zuletzt.

Geh auf ihn zu, begrüße ihn, erfreue dich
an deinem Schatten, wie es die kleinen Kinder tun.
Wie töricht wäre es, nicht das zu lieben,
was unabdingbar, unverlierbar
was unverleihbar, unverzichtbar
zu dir gehört und nur zu dir.

Mach deinen Schatten größer, schmaler,
treib alle Spiele, die du kennst, mit ihm.
Schau dir sein muntres Hüpfen an,
wenn du am Feuer sitzt.
Verbeugst du dich, verbeugt auch er sich,
und wenn du wilde Tänze tanzt, dann tanzt auch er.

Und komme ich zu dir mit meinem Schatten,
spieln wir, umhüllt vom Kichern unsrer Kinder,
den Fuchs und auch das Krokodil,
bis sie ins Schattenreich der Träume wandern,
um alsbald morgendlich zurückzukehren,
den eignen Schatten stets an ihrer Seite.

Spürst du den harten Stein in dir?

Spürst du den harten Stein in dir,
der, einmal angestoßen, sich selbst
zum Anstoß wird, die Wut, die aus
dir schreit, bis sie entkräftet schweigt;
spürst du die scharfen Kanten
dieses Steins als Spiegel dieser Welt?

Das Schweigen, das Erlösung bringt,
das ist kein stummes Schweigen,
wenn du so innig schweigst, dass
aus dir wesenhaft das spricht,
was du, trotz wohl gesetzter Worte,
zuvor zu sagen nicht vermochtest.

Lass dich mit allen Sinnen ein auf
das Versteinerte in dir und mir, und
halt es sorgsam in den Händen,
dann wird auch das, was anfangs
schmerzhaft, kalt und düster war,
sich wandeln in ein sanftes Lächeln.

Eckstein

Widerfahrnis der Zeit
bezeugt jeder Eckstein
für Anwesen und Haus.
Verkündet stetig und
stumm, doch beredt
wie der Ameise Schrei,
was vormals sich zutrug:
Von ratternden Rädern
und tobenden Stürmen,
von Tieren und Menschen,
die ergrimmt sich bekämpfen,
und einem Minnesänger,
der, verstoßen, auf diesem
kraftlos niedersank.
Widerfahrnis der Zeit.

Eseldämmerung

Ich fühl mich wie ein Grauer,
ein Esel, vor dem Wagen
seit jeher eingespannt,
doch müde bin ich nicht.

Ich ziehe ihn gemächlich,
das Ziel ist jeder Schritt,
der Dämmerung entgegen,
ins goldene Abendlicht.

Auf des Stuhles Kante

Heut sah ich eine junge
Frau mit Perlenkette
im Café, die nahm ihr
Glas so sorgsam und
trank daraus in kleinen
Schlückchen, als wär's
das Elixier des Lebens!

Sie wiegte sich auf
ihres Stuhles Kante,
in Wolken schwebend
wie ein kleines Kind,
und schmiegte sich,
andächtig horchend,
in den Raum hinein.

Ein schrilles Lachen hörte
ich, und von der Theke
laute Stimmen. Doch
diese Frau blieb völlig
unberührt davon in
ihrer eignen Zeit, als
stünden alle Zeiger still!

Was mich dran hindert?

Im Alltag bin ich durchgetaktet
mit lauter Pflichten und Terminen,
die wie die Platten
vor dem Hause meiner Eltern
auf mir lasten,
aus grauem Waschbeton.

Hortensien standen
rechts und links des Weges
und ein Kirschbaum,
dahinter ein Jasmin,
den ich sehr liebte.

Selbst auf dem betonierten Weg
da spross der Löwenzahn,
und zarte Gräser
zwischen schlecht verfugten Platten.

Und unterm Vordach bauten
Jahr für Jahr ihr Nest
die Hausrotschwänzchen.

Die Frage ist, was
mich dran hindert,
statt des betongleich
lastenden Terminplans
auch heute noch
den Löwenzahn zu sehen.

Der Duft der Levkojen

Niemand hat jemals bezahlt
für den Strauß, der ihm, kaum
verhofft, in den Schoß gelegt,
für den Phlox und die Rosen.

Niemand, nicht ich noch sie,
die wir da waren betört
vom Hauch der Blüten,
war sich des Wertes bewusst
und der Folgen menschlichen Tuns.
Auch du, der du glaubst
an Algorithmen des Daseins,
selbst du nicht, denn
kaum zu ermessen sind Tiefe und
heiliger Glanz der Schöpfung.

Und bezweifelst du noch dieses
Wort, so benenn mir denn
Algorithmen, die sich am
Duft der Levkojen erfreuen.

„Zirkumflex" – aus Freude über ein neues Leben

Zeichen erwacht zum Leben
inmitten des Lebens,
schimmert euch klar wie Kristall
aus der Tiefe des Seins entgegen,
bedeutet Bedeutung, wo sich
Deutung sinnhaft entbirgt,
fällt euch zufällig zu, doch
war's euch schon immer zu eigen
und krümmt sich, euch liebevoll
bergend, um euer Dasein herum:
„Zirkumflex" heißt das Zeichen
oder „Freude im Leben".

Ich weiß es nicht

Ich sah die Füße eines Vogels
am Rande eines Teppichs,
den Vogel selber sah ich nicht.
So will es mir erscheinen,
ist's mit der Freiheit auch.

Man kann den Anbeginn erkennen,
doch muss sie erst noch
wachsen, flügge werden.
Was uns dann möglich ist?
… ich weiß es nicht!

Das trockne Brot

Manch altes Brot,
das keinem Esser taugt,
ist zu nichts nutze;
vergessen oder nicht gemocht,
vertrocknet es zum Kummerlaib.

Doch leg ich meine Hand darauf,
kann ich den Weizen spüren,
wie er sich sanft im Winde beugt.
Die Sonne, die ihn reifen lässt,
die Erde und den Regen.

Auch jenes Brot, das ich heut fand,
das sehnte sich nach freudgen Essern,
wollt eins mit allem und
mit allen werden,
bevor der Tag sich neigt.

Ein Fohlen, langbeinig und
mit weichen Nüstern, sah das trockne Brot
und knabberte es an;
das hat dem Laib so gut getan!

Das einsame Huhn

Es war einmal ein Huhn,
das träumte immer von Spiralen,
und lief auch so im Hof herum.
Die andren Hühner lachten.
Der Sommer kam und ging.
Das Huhn verstarb und
außer Federkleid und Knochen
verblieb nur noch
zu Staub gewordne
Einsamkeit.

Die unsichtbare Krone

Hab zwar nur Löcher in meinen Taschen,
doch bin ein König auch ich.
Ich kenne die schrägsten Vögel
und sammle wie sie alte Flaschen.

Siehst du die Krone der Weisheit?
… unsichtbar ist sie, ich weiß.
Die sieht keine Elster in meinem Revier,
drum kann ich von Herzen lachen.

Und dennoch gelobe ich feierlich
bei Platon und seinem Schnabeltier:
„Bevor ich meinen Humor verlier,
pack ich die Koffer und komme zu dir!"

Will meine Stimme wiederfinden

Als ich zwölf Jahre alt war,
stand ich am offnen Fenster
und wollte nicht mehr sein
vor lauter Schuld und Scham,
die mich wie eine Schlammlawine
zu überrollen drohten.

„Mann sein heißt Macht zu haben!",
las ich in den Augen meines Vaters.
Tatsächlich war ich oftmals Sieger,
wenn ich mich unter einem Baum
nicht unweit unserer Schule
mit meinen Freunden balgte;
doch kam ich in die Nähe meines Vaters,
dann wich die Kraft aus meinen Beinen
und ich war wie gelähmt.

Als ich zwölf Jahre alt war,
stand ich am offnen Fenster
und wollte nicht mehr sein;
was mich vom Springen abhielt,
war ein Traumbild meiner Mutter
und ihrer Tränen am noch frischen Grab.
Stattdessen wanderte ich aus
und lebte fortan in den Bäumen,
sah Mensch und Tier von oben,
doch selber ward ich nicht gesehen;
und außer Flügeln fehlte
nichts zu meinem Glück.

Ich sah die Männlichkeit als Missgeburt,
die sich stets selbst im Recht glaubt,
die Menschen foltert, mordet und
sie unterdrückt, die Frauen vergewaltigt,

Kinder hungern lässt,
sah sie mit tiefer Abscheu.
Doch da mir keine Flügel wuchsen,
zwang mich das Älterwerden auf die Erde.

Mit stiller Trauer und verstummt
in meinem Herzen verbrachte ich die Tage,
tat so, als wäre ich nicht da,
verbarg als Clown mich grimassierend
hinter lauter Kapriolen,
verschwand im Nirgendwo,
kaum dass mich jemand sah.
Gern wär ich unter all den Menschen,
die mich nicht wirklich sehen konnten,
auf andere Weise blind gewesen,
ein Seher wie Teresias, doch
lebte ich stattdessen in tiefer Sehnsucht,
lebte wie ein Bettler.

So ging das Jahr um Jahr, doch will
ich jetzt nach neuen Ufern streben,
will meine Stimme wiederfinden,
und mit von Menschlichkeit
durchdrungener Männlichkeit
das Einssein allen Seins verstehn.

Der Weg der Tränen

Als ich am Benediktushof
unlängst spazieren ging,
fand ich am Rande eines Ackers
einen großen Stein.
Ein Stein gehört in aller Regel
zunächst einmal sich selbst,
doch dieser Stein war meiner,
war ein Teil von mir.

Er sprach mich an:
„Kennst du mich noch?"
… ich zögerte und war befangen,
doch spürte ich in meiner Brust
ein leises Ziehen und ahnte,
was dieser Stein bedeuten könnte:
„Ich bin die Stimme, die du
hattest, als du auf die Welt kamst,
bevor ich mich vor lauter Leid,
weil ungehört und totgeschwiegen,
in einen Stein verwandelte.

Alsbald zerbrach ich
aufgrund der inneren Spannung
in passgenaue Hälften, den
Kammern deines Herzens gleich.
Doch gibt's auch heute,
nach so vielen Jahren,
noch einen Weg, mich zu erlösen,
und mit mir auch die Teile
deiner Seele, die versteinert sind.

Man nennt ihn auch den
Weg der Tränen,
weil Tränen zur Erlösung
unabdingbar sind, wenn das,
was einst zu Stein geworden,
lebendig werden möchte.

Was dich einst eng und
atemlos zurückgelassen hat,
das hebe jetzt empor
und gib ihm Weite.
Wenn du ganz offen dafür bist,
wird Ton um Ton dich finden.

Lass diese Töne auf dich wirken,
lass sie den Himmel neu vermessen
bis zum Horizont.
Im Schwingungsfeld der Töne
wird sich die Stimme wie
von Zauberhand vernetzen
und in dir wachsen, bis
sie dich ganz ausfüllt.

Dann wird die Stimme
in dir klingen, in
nie geahnter Seligkeit, so
wie sie dir ward zugedacht
im Anbeginn der Zeit."

Schreiben um Leben und Tod

Schreibend werde ich geschrieben, bin
der Schreibende, der auf sich zu, dann wieder
von sich weg schreibt, bin der, auf den
das Geschriebene im Nu wieder zukommt.

Ich schreibe mich ein in mein Leben,
schreibe, um zu spüren, dass ich lebe
und spüre in der Mannigfaltigkeit
des Daseins die Urschrift des Seins.

Dem Sinn des Seins jage ich hinterher, bin
ihm auf immer und ewig verschrieben, und
verfehle ihn doch ständig, während ich mich
unaufhaltsam auf den Seinsgrund zubewege.

Ich pendle stets zwischen Sein und Sinn und
bleibe doch, egal, ob ich humorig-locker,
ernst oder gar philosophierend schreibe,
durch und durch dem Dilemma verhaftet.

Dem Dilemma der Rose, die in der Zartheit
ihres Duftes und der filigranen Form ihrer
Blüte entsteht, aber plötzlich verwelkt,
kaum dass ich sie beschreibe.

Ich spüre, wie das Dilemma mich Zelle für
Zelle beschriftet und sich durch alle Fasern
meines Körpers hindurchschreibt,
beflissen wie ein fleißiger Klosterschüler.

Und fühle mich schließlich, Ironie des
Schicksals, aufgeschrieben und wieder ab-,
und endlich, den Normen der Schriftkunst
genügend, fein säuberlich „ins Reine".

Wie vorbildlich dagegen die Schreibübungen
der Schriftgelehrten, von Alpha bis Omega,
die mit wissendem Lächeln pausen- und
atemlos an der Wurzel des Dilemmas lauschen.

Die das Alphabet behende zum Leben erwecken,
sich selbst in ihre Verschriftungen hineinstopfen,
und womöglich noch in ihren vorschreibenden
Verschreibungen in die Welt hineinopfern.

Aber auch diese Weisen der Schrift können trotz
wichtiger Miene die Schrift an der Wand nicht
lesen, die da lautet: „Mene Mene Tekel Upharsim,
gezählt – gezählt – gewogen – zerteilt".

Die Schrift an der Wand ist das Menetekel der
Schriftverherrlichung einerseits und des
Eigendünkels der
Schriftverweigerung und -verdrossenheit andererseits.

Formvollendet erstarren am Ende auch sie in
Schriftvergessenheit, angesichts des Menetekels,
das, von Gott stammend, letztendlich nur Gott
… für den, der daran glaubt … zu deuten vermag.

Ich dagegen, ein unterwürfig der Schrift dienender
Verlegenheitsschreiber, verspüre immer wieder heftige
Anfälle in meiner tückisch zuckenden Schreibhand,
im verbissenen Kampf mit mir selbst.

Trotz wiederkehrender Krämpfe versuche ich
Elender, den Stift zu ergreifen und ersuche mich
selbst flehentlich lallend um eine Schreibpause –
vergebens.

Ich spüre die flammend in meinen Wangen
aufsteigende Fieberröte und erkenne
in meinen Augen mit Schrecken den schreibwütig
flackernden Blick der Schriftversessenheit.

Mit der Diagnose „Furor scribendi gravis"
werde ich meiner staubigen Schreibstube entrissen,
und aufgrund meines schreibwütigen Tuns
in die geschlossene Schreibanstalt eingewiesen.

Dort wird bei mir der trockene Schreibentzug
praktiziert; mir gegenüber die Schreibgelähmten,
die unter der Knute des Schreibdiktatzwangs
pausen- und gnadenlos schreiben müssen.

Schreibentzug heißt, auf den Bleistiften der Anstalt
herumkauen zu müssen, bis das Herz und die Mine
vor Schreibekel zerbrechen, und die Schreibtrauer
langsam, aber alles durchdringend die Seele zersetzt.

Von irrlichternden Wortfragmenten zermürbt
und zerbrochen, werde ich als Fossil, das meine
Inschrift trägt, am Ende aller Zeiten wieder
hineingeschrieben in den Urgrund des Seins.

Auf meiner Urne bitt ich zu vermerken:
„Er ist durch die Schreibhölle gegangen und fand,
trotz mancherlei Wegweisungen religiöser Machart,
den Himmel hier auf Erden."

Mein letzter Wunsch:
Verstreut meine Asche wie Blütenblätter, lasst sie
Zeichen sein für eine andere Zeit und Welt. Ja, und:
Pflanzt bitte Rosen zu meinem Gedenken.

Wenn ich's nur wüsste …

Vermag, wer sein Leben
zwischen Träumen verspinnt,
nur Märchen zu schreiben,
vielleicht noch Gedichte?
Was ist die Realität?
Ach, wenn ich's nur wüsste!

Zur leeren Geste erstirbt
mein Streben und Trachten:
Siehst du die spröden Gestalten?!
Wie sie die Bühne bevölkern,
mit Clowngesichtern und Masken
und Mitleid heischender Miene!

Dort, wo sich Schmerz
und Erstaunen vereinen,
wo sich Auge mit Herz
unter Tränen vermählt.
Nur dort berührt mich
die Erde, die Welt.

Ode an meinen Troll

Gemütlich saß ich neulich auf dem Sofa
und begann zu lesen, als es ganz plötzlich
dunkel wurde, da hörte ich ein Glucksen.
Drum wusste ich, dass du es bist, mein Troll,
verriet dich doch dein Lachen.
Du bringst mein Lebensbuch zum Leuchten;
die Birnen an der Decke aber,
die da glühen sollten, die
bringst du gern zum Platzen.

Du bist es auch, der kunstvoll Eselsohren
faltet, immer Antwort weiß,
sogar auf Fragen, die ich noch nicht stellte.
Der sich die dunklen Seiten aufzudecken
traut in meinem Schicksalsbuch,
von denen ich bislang nichts ahnte.
Zu jedem Lebensbuch gehört ein Troll,
der in ihm wohnt und sich behände
durch all die Zeilen und Kapitel schwingt.

Der Brüche heilt, sich um die Witwen und
die Waisen kümmert, die man vormals
noch Schusterjungen nannte, Hurenkinder.

Du darfst dich gern an Fettgedrucktem
laben, sollst unbekümmert auf den Linien
balancieren, nimm sie nur ruhig als
dein Sprungbrett, die Majuskeln, und
wenn du schläfst auf den Minuskeln,
wünsch ich dir lichte Träume.

Sind wir jedoch dereinst am Ende angekommen,
dann gib fein acht, denn beim Verzeichnis,
da verzettelt man sich leicht.

Ich hab, als Dank an dich, auf Seite 17
ein Pfauenauge eingebettet, von dem
ich unlängst erst die zarten Flügel
in einer Fensternische fand.
Und auf den Seiten fünf und 88
hab ich dir Kaffeeflecken hinterlassen
mit einem zarten Hauch von Schokolade:
Oh, diese Trüffeltorte, die es damals gab,
die war vortrefflich!

Du darfst auch gern die Birnen weiterhin
aus schierer Lust zum Platzen bringen –
im Dunklen träumt sich's besser –,
doch ob ich's dann noch bis zum Sofa schaffe?
Du, der du mir, ich weiß es wohl,
manch ein Gedicht entzogen hast –
warum, wirst du schon wissen –,
mich über andere aber stolpern ließest:
Du kennst den Sinn des Lebens.

Turiya – Zeuge sein

Schmerz in meiner Brust ...
Was ist darunter?

Angst und Trauer ...
Ich nehme mir die Zeit,
das zu spüren ...
Und darunter?

Sehnsucht ...
Sehnsucht nach Geborgenheit.
Ja, ich spüre auch das ...
Und darunter?

Weichheit ...
Tiefe ...
Weite ...
Ja, das ist es!

Da bin ich zu Hause:
in dieser inneren Weite!

Das Nu, nach dem ich suche

Wenn ich die Menschen auf der
Straße freundlich bitte,
mit mir zusammen
nach dem Nu zu suchen,
schaun sie mich vage an
und mit verwirrten Blicken.
Sie fragen „Wie?" und „Was?",
als hätt ich meinen Hund verloren
und eine Leine in der Hand.

Das Nu, nach dem ich suche,
das ist viel kleiner als
das allerkleinste Tier;
ist still, und gibt doch
allem seine Stimme;
gibt allem, jedem
seine Farbe und Gestalt,
obschon es keine Form
sein Eigen nennt.

Scheu ist es zwar,
fast unscheinbar,
und doch erscheint es
wie ein Gaukler
auf der Weltenbühne;
steht immer an der Schwelle
zwischen Nachhall und Erwartung,
ist nah und fern und
„hier" und „dort" zugleich.

Den Schrei der Eule noch im Ohr,
fall ich ins Niemals, Nirgendwo –
und bitte sag dazu nicht:
„Bald" und „Morgen",

denn dieses schalen Trostes
kann ich wohl entbehren;
sag lieber: „Irgendwann und Irgendwo".

Gar mancher, der
dem Nu misstraute,
es festzuhalten suchte,
zerbrach am Nu,
und ging sich selbst verloren;
zerschellte wie ein Vogel
an der Glaswand
am Trugbild seines
ungeliebten Seins.

Das Nu entbirgt den Menschen,
die sich wichtig wähnen,
ihre Grenzen,
beschenkt dagegen die,
die sich ihm anvertrauen,
mit Glück und Frieden,
und sieht als weise an nur den,
der aus der Tiefe seines Herzens
sich bekennt und „Ja" sagt:

„Ja, ich bin Feuer, Wasser,
Angst und Liebe,
bin Trost und auch Verzweiflung.
Ich bin das eine und das andere
und bin mit alledem
lebendig nur im Nu.
Das Nu war vor mir da
und wird, wer weiß,
vielleicht noch lange nach mir sein.

Ich bin nur der, der arglos
in die Welt hineingeboren wurde,
um das Nu zu suchen, dem Auftrag
seines Schicksals zu gehorchen,
und der nach langer Irrfahrt
wieder geht am Ende seiner Tage.
Doch weiß ich, dass das Nu
mich schließlich finden wird
mit meinem letzten Atemzuge."

Die Koke-dera-Katze

Das Moos im Koke-dera-Garten
bedeckt behutsam eine Tempelkatze,
die über lange Zeit,
ganz ruhig,
an einem Fleck verharrte.

Am Fuße eines Ginkgobaums
zu Stein geworden,
verblieb von ihr nur noch das Fell,
ein sammetweiches Fell,
das grün und immer grüner wurde.

Legst du die Hand darauf
und schließt die Augen,
kannst du, wenn es in dir
ganz still geworden,
im Moos das Tier erspüren …

Und legst du gar die Wange
auf das Katzentier,
wirst du ein leises Schnurren hören.

Die Mönche kennen das.

Der Koke-dera-Tempel (苔寺, „Moostempel") der Rinzai-shū, offiziell Saihō-ji (jap. 西芳寺) genannt, ist ein buddhistischer Tempel in Kyōto, der für den von Musō Soseki gestalteten Moosgarten berühmt ist. Der ursprünglich im Jahr 731 begründete Tempel geht auf Gyōki zurück und war Amitabha geweiht. Seine Umweihung in einen Zen-Tempel erfolgte 1339. 1994 wurde er in die Liste der UNESCO als Weltkulturerbe Historisches Kyōto (Kyōto, Uji und tsu) aufgenommen. Der Garten selbst ist nicht als Moosgarten konzipiert worden, sondern wurde durch Geschichtswirren lange vernachlässigt. Mehrere Tempelbauten wurden 1469 während der Sengoku-Zeit zerstört. Der Aufbau des Gartens hatte nachhaltigen Einfluss auf die japanische Gartenkunst, so zum Beispiel auf die Tempel Ginkaku-ji und den Kinkaku-ji.

„Niemand" ... zum Glück

Gold und Federn liegen
am Rande des Weges,
den niemand sieht.

Und Wegweiser weisen
einander den Weg,
den niemand geht.

Auf wen wartet das Glück
und wer heißt „Niemand" ...
wenn nicht du und ich?

Endlos UnEndlich ...

Endlich fällt es,
das Endlich,
fällt in die leere,
mit lautlosem
dröhnen:
... vermagst du's
zu hören,
wo's aufschlägt
im Nichts?
denn Nichts
ist
UnEndlich ...

... vermagst du's
zu sehen?
das flirrende webstück,
den wirren
faden, gesponnen
aus irrlicht?
... was einst freudig
erstrahlte, ist längst
schon verblichen,
von trauer umflort
und versintert
im schmerz ...

… und uns zu spüren
als menschen,
vermagst du das auch?
als „krone der schöpfung",
hilflos, oft herzlos
und kalt wie maschinen,
schritt für schritt
stolpernd, kriechend

am Boden und
stetig sich sehnend:
endlos UnEndlich
nach allem und Nichts.

Tausend Gesichter

Ich bin die Straße, die sich ewig windet
und nicht anders kann,
der ganz von Moos umhüllte Stein
am Wegesrand,
der nach Berührung hungert,
der breite Holzstoß,
sorgsam Scheit für Scheit geschichtet,
mit seinen tausend Holzgesichtern.

Ja, und das Kirchenschiff in Nantesbuch,
das von Kantaten träumt,
das bin ich auch,
und auch die Pfütze, die
den blauen Himmel spiegelt.
Was ich mich frage, ist,
wo diese Straße endet, und
wer dieses „Ich" wohl wirklich ist?

Iminonai

Ich bin Iminonai.
Ich bin der bemooste Felsen
am Rande des Weges,
bin dort seit Anbeginn der Zeit.

Ich bin das Lächeln der erblühten Linde
inmitten gradwüchsiger Fichten,
und das Sumpfdotterblumengelb,
verhalten leuchtend, unergründlich,
das bin ich auch.

Ich gehöre zu euch, doch
sprech ich eine andere Sprache.
Ich bin, was ich bin:
Iminonai

Imi, 言葉: Bedeutung, Sinn
Imi, 忌: Trauer
Imi no nai: kein Sinn und/oder keine Trauer

Im Japanischen wird die Bedeutung durch die Schreibweise klar, da die zugehörigen Kanji 言葉 bzw. 忌 unterschiedlich sind. In der gesprochenen Sprache kann man jedoch, wenn man möchte, die Bedeutung offenlassen.

Ah, süße Leere!

Leere in mir,
kantige Leere,
doch jenseits davon:
Freude, die Freude
am Abgrund.

Bonbonpapier,
trostlos und leer,
lässt noch die Süße
erahnen … Zitrone,
kein Zweifel,
Zitronengeschmack:
Geschmack meines Lebens.

Tage und Träume
schmecken danach,
sogar die Tränen.
Das Gelb der Zitrone, so
sinnlich und satt:
Ah, diese innere Weite.

Zitronenschatten,
wie seltsam:
Hier das satte Gelb der
Zitrone und dort die
Schwärze des Schattens.
Schwarz steht ihr gut:
Trauer, Schmerz, … ja,
und Sehnsucht!

Sehnsucht wonach?
Nach dem Ast, der
sie trug und
losließ, als sie
sich löste,
und sie fiel ...

Fiel,
... fiel ins Gras.
Ja, das bin ich:
das Gras, die Zitrone.
Ich bin die Zitrone im grünen Gras.

Der R-E-G-E-?-W - - -

Aufs rechte Maß kommt's an,
nicht „Wüste" und nicht „Pfütze"!
Und ist es gar zu trocken,
dann wünsche ich mir Regen.

Entlang dem Spiegelstrich
des Lebens beweg ich mich
im Bogen vom „R" und „E" zum „G"
und dann zum „E" zurück.

Doch wurmt mich sehr,
dass ich das „N" nicht finden kann.
Wie soll ich ohne „N"
vom „E" zum „W" gelangen?!

Das „W", das steht für Wut,
für Wohl und Wasser
– welch Erquickung! –
… und für Wahrheit.

Siehst du die Amsel im Gebüsch?
Das ist die Wahrheit!
Was zählt ist nur der
Augenbl…

Die Deutsche Nationalbibliothek verzeichnet diese Publikation in der Deutschen Nationalbibliografie; detaillierte bibliografische Daten sind im Internet über dnb.dnb.de abrufbar. Die Schweizerische Nationalbibliothek (NB) verzeichnet aufgenommene Bücher unter Helveticat.ch und die Österreichische Nationalbibliothek (ÖNB) unter onb.ac.at.
Unsere Bücher werden in namhaften Bibliotheken aufgenommen, darunter an den Universitätsbibliotheken Harvard, Oxford und Princeton.

Joachim Gülden
Die Nonne und das Murmeltier
ISBN: 978-3-03830-686-3

Illustration: Alisa Kirejeva
Fotoportraits: Reiner Roither
Buchsatz und Gestaltung: Veronika Wucher, Zone für Gestaltung, Wangen

Paramon® ist ein Imprint der
Europäische Verlagsgesellschaften GmbH Erscheinungsort: Zug

© Copyright 2020
Sie finden uns im Internet unter: www.paramon.de

Paramon® unterstützt die Rechte der Autoren. Das Urheberrecht fördert die freie Rede und ermöglicht eine vielfältige, lebendige Kultur. Es fördert das Hören verschiedener Stimmen und die Kreativität. Danke, dass Sie dieses Buch gekauft haben und für die Einhaltung der Urheberrechtsgesetze, indem Sie keine Teile ohne Erlaubnis reproduzieren, scannen oder verteilen. So unterstützen Sie Schriftsteller und ermöglichen es uns, weiterhin Bücher für jeden Leser zu veröffentlichen.